한밤중에 나 홀로

한밤중에 나 홀로

초판 1쇄 발행 | 2019년 8월 16일
초판 2쇄 발행 | 2019년 8월 26일

지은이 | 전건우
펴낸이 | 박영욱
펴낸곳 | 북오션

편 집 | 이상모
마케팅 | 최석진
디자인 | 서정희 · 민영선

주 소 | 서울시 마포구 월드컵로 14길 62
이메일 | bookrocean@naver.com
네이버포스트 | m.post.naver.com ('북오션' 검색)
전 화 | 편집문의: 02-325-9172 영업문의: 02-322-6709
팩 스 | 02-3143-3964

출판신고번호 | 제313-2007-000197호

ISBN 978-89-6799-482-2 (03810)

이 도서의 국립중앙도서관 출판예정도서목록(CIP)은 서지정보유통지원시스템
홈페이지(http://seoji.nl.go.kr)와 국가자료공동목록시스템
(http://www.nl.go.kr/kolisnet)에서 이용하실 수 있습니다.
(CIP제어번호: CIP2019026797)

한밤중에 나 홀로

전건우 공포 단편집

북오션
콘텐츠그룹

차례

히치하이커(들)

"검찰은…… 소환 조사…… 예정입니다…… 논란이 예상……
다음 소식은……."

뉴스를 전하는 남자의 음성이 자꾸만 끊어졌다. 펄떡거리는
생선처럼 튀어 올랐다가는 어느새 들리지도 않을 만큼 낮게 가
라앉았다. 소용없다는 사실을 알면서도 습관적으로 라디오의
다이얼을 돌렸다. 잡음은 사라지지 않았다. 어느 방송이나 마찬
가지였다. 라디오가 고장 났거나 수신 상태가 불량하거나 둘 중
하나일 것이다.

나는 볼륨을 조금 줄였다. 한밤중의 눈 덮인 국도는 잡음 섞
인 목소리마저 그리울 정도로 적막하고 쓸쓸했다. 좋아하지도

않는 트로트 시디를 듣느니 차라리 라디오의 잡음이 좋았다.

"심심하다."

K가 말했다.

그는 지겹고 심심하다고 늘 투정을 부린다.

"창밖이라도 구경해. 물론 눈밖에 없지만."

내 말에 K가 어깨를 으쓱했다. 그러고는 어둠이 서린 뒷좌석 깊숙이 몸을 파묻었다.

간밤에 내린 눈 때문에 국도변은 온통 흰색이었다. 운전에는 별 무리가 없었지만 전조등 불빛 사이로 언뜻언뜻 비치는 설경은 날카롭게 눈(目)을 찔러 왔다. 질릴 정도로 똑같은 풍경이 획획 지나갔다. 운전대를 잡은 지 벌써 세 시간 째. 연신 하품이 터져 나왔다.

"이것 봐. 그거 알아? 동유럽에서는 눈이 불안과 공포의 상징이라는 거."

조용하다 싶던 K가 다시 말을 걸어왔다.

나는 룸미러에 비친 그의 얼굴을 말없이 바라봤다.

"동유럽 사람들은 불안을 표현할 때 흰색을 쓰지. 우리 같으면 어두운 색을 쓰는데 말이야. 산이 많고 눈이 자주 내리는 동유럽에서는 눈이 곧 재앙인 거지. 폭설이라도 오면 마을 하나가 덮일 정도니……. 그래서 그네들은 눈을 죽음의 사자라고 부른대."

"죽음의 사자라……."

그 단어를 천천히 발음해 봤다. 과연, 어둠 속에서 바라보는 눈은 겨울의 낭만과는 거리가 멀어 보였다. 바람이 지날 때마다 쌓여 있던 눈들이 하늘로 날아올랐다.

"꼭 미친년 머리카락 같군. 큭."

K가 그 모습을 보며 한마디 했다.

"욕 좀 그만할 수 없어?"

"너처럼 점잔만 빼고 있으면 스트레스로 빨리 죽고 말걸."

능글맞은 미소를 짓는 K에게서 눈을 돌려 다시 전방을 주시했다. 가속페달을 조금 더 밟았다.

길은 끝없이 이어졌다. 딸깍, 딸깍, 시계의 규칙적인 초침 소리처럼, 혹은 일정하게 맞물리는 톱니바퀴처럼 흰색 차선이 차례차례 뒤로 물러났다. 그 흰색의 물결에 주의를 기울이자, 최면에라도 걸린 듯 눈을 돌리기 힘들어졌다. 차선이 지나간다. 총알처럼, 순식간에. 뒤로 물러나는 그것들이 미처 내 시야에서 사라지기도 전에 똑같은 모양의 흰색 선이 급히 달려온다. 한 개. 두 개. 그리고 세 개…….

'하나, 둘, 셋…….'

나는 지나가는 차선을 무의식중에 세고 있었다.

'넷, 다섯, 여섯…….'

눈꺼풀이 무거워졌다.

'일곱, 여덟, 아…….'

바로 그때였다.

"조심해!"

K가 외쳤다.

눈을 번쩍 떴다. 도로에 시커먼 물체가 누워 있었다. 있는 힘껏 브레이크를 밟았다. 끼이익. 바퀴와 도로가 마찰하면서 내는 불협화음이 적막한 국도를 뒤흔들었다. 전조등 불빛이 크게 흔들렸다. 물체와의 거리가 순식간에 줄어들었다. 필사적으로 핸들을 돌렸다. 묵직한 반동이 팔을 타고 온몸으로 전해졌다. 차는 크게 휘청거리다 도로와 45도 각도로 미끄러지며 간신히 멈춰 섰다.

살았다!

순간, 긴장이 풀리며 핸들에 머리를 파묻었다. 차는 멈췄지만 심장은 계속 달음박질을 쳤다. 핸들을 어떻게나 세게 쥐었던지 손가락 관절이 아플 지경이었다. 나는 숨을 고르며 천천히 고개를 들었다. 눈을 가늘게 뜨고 어둠 속을 응시했지만 차 안에서는 물체의 정체를 확인할 수 없었다. 사람 같기도 하고 동물 같기도 했다.

"나가 봐."

K의 목소리도 떨렸다.

나는 마른 침을 한 번 삼킨 후 조용히 운전석 문을 열었다. 날카로운 겨울바람이 기다렸다는 듯이 달려들었다. 그 바람 끝에 고무 타는 냄새가 섞여 있었다. 점퍼 깃을 최대한 세워서 흉포한 바람을 막았다. 그러고는 조심스럽게 물체를 향해 다가갔다.

"저게 도대체 뭐야?"

K가 속삭였다.

"몰라. 나도."

내 목소리는 바람에 막혀서 금세 흩어졌다.

전조등 불빛을 받은 그것은 금방이라도 몸을 일으켜 달려들 것만 같았다. 그 비현실적인 생동감 때문에 가까이 다가갈수록 심장이 두근거렸다. 한발, 한발 지뢰밭을 통과하듯 걸음을 옮기다 어느덧 손을 뻗으면 닿을 거리까지 접근했다.

"저건……."

K가 입을 떼는 것과 동시에 나도 깨달았다.

고라니였다.

물체의 정체는, 웬만한 성인 남자만큼 큰 고라니였다. 고라니 주위에는 유혈이 낭자했다. 상처에서는 계속해서 피가 흘러나왔다. 검은 구슬 같은 눈알이 생기를 잃고 허공을 바라봤고 비죽 튀어나온 송곳니가 전조등 불빛을 받아 희미하게 반짝였다. 공기 중에 알알이 맺혀 있던 비린내가 예고도 없이 확 풍겨왔다. 터져 나온 내장에서 더운 기운이 올라오고 있었다.

　나는 이상한 각도로 꺾인 고라니의 목에 손을 가져다댔다.

　"따뜻하지?"

　K의 물음에 고개를 끄덕였다. 고라니는 방금 전까지 살아 있었다. 피가 식지 않은 것으로 봐서 사고를 당한 지 채 삼십 분이 지나지 않았다. 하지만 내가 운전한 차를 제외하고는 도로 어디에도 타이어 자국이 보이지 않았다.

　멈추지도 못하고 그냥 치고 나간 걸까?

　"그랬다면 큰 사고가 났을걸?"

　내 마음을 읽었는지 K가 한 마디를 했다.

　그 순간, 인기척이 느껴졌다.

　"어허, 그놈 참 크기도 하네."

　등 뒤에서 걸걸한 남자 목소리가 들려왔다. 소리가 들리는 쪽으로 고개를 휙 돌렸다. 목소리의 주인은 전조등 불빛을 등지고 서 있어서 얼굴이 제대로 보이지 않았다. 나는 눈을 찡그리며 한 손을 들어 불빛을 가렸다. 그가 한 걸음 옆으로 물러났다.

　"아이고 이거 미안합니다. 갑자기 떠들어서 놀랐지요?"

　50대 초반쯤 됐을까? 몸집이 크고 우락부락한 얼굴의 사내였다. 검은색 등산복에 커다란 배낭을 둘러멨다. 덥수룩한 수염 사이로 입술이 말려 올라가며 누런 이가 드러났다. 웃고 있는 것이리라. 하지만 단춧구멍처럼 빠끔하게 뚫린 눈은 전혀 웃지 않았다. 나는 사내에게 시선을 고정한 채로 천천히 일어났다.

"조심해."

K의 속삭임이 아니고라도, 곤두 선 신경이 알아서 경고음을 보내왔다.

눈과 입이 따로 노는 사람은 조심해야 한다.

"등산 하다가 길을 잃었는데 저쪽 다음 마을까지만 차 좀 태워주면 안되겠소?"

사내의 허연 입김이 뱀처럼 똬리를 틀다 공중으로 흩어졌다. 사내의 몰골은 말이 아니었다. 산 속을 마구잡이로 헤집고 다닌 듯 옷 여기저기에는 날카로운 침엽수 잎이 붙어 있었고 등산화는 눈에 젖어 축축했다. 게다가 도움을 호소하는 목소리는 처음 들었던 것과는 달리 꽤 처량했다.

"사례를 원하면 내 드리리다."

큼지막한 손으로 연신 얼굴을 쓸어내리는 사내를 물끄러미 바라봤다. K는 가타부타 말이 없었다. 그것은 나 혼자 결정하라는 의미다.

"알겠습니다. 뭐 어렵지 않죠. 타시죠."

나는 차 쪽으로 걸음을 옮기며 대답했다.

"아이고 이거 고맙습니다."

사내의 얼굴이 밝아졌다. 고라니 시체와 사내의 갑작스런 등장 때문에 조금 놀라긴 했지만 그래도 추위에 떨면서 길을 헤매는 사람을 외면할 수는 없었다. 초행길에 동행이 생긴다면 그것도 좋을 듯했다. 더군다나, 다시 눈발이 날리기 시작했다. 운전석에 오르기 전 힐끗 바라본 고라니 시체 위에 눈송이들이 떨어졌다. K의 말처럼 겨울 산에 내리는 눈은 죽음 그 자체다.

텅.

차 문을 닫는 소리가 밤하늘에 쩡쩡하게 부딪혔다. 나에게는 그 소리가 이상하게도 덫이 닫힐 때의 그것처럼 들렸다. 철컥. 날카로운 쇠가 맞물리는 차갑고도 섬뜩한 소리.

"그럼, 폐 좀 끼치겠수다."

큰 몸집을 조수석으로 집어넣으며 사내가 말했다.

눈발이 점점 굵어졌다. 정신 나간 바람은 차체를 마구 긁어댔다. 앙상한 겨울나무 사이를 휘감아 도는 광풍이 짐승처럼 울부짖었다. 눈이 내리는데도 어둠은 오히려 더 깊어졌다. 전조등을 상향으로 바꿨지만 눈과 어둠의 막을 뚫기에는 턱없이 부족했다. 나는 최대한 운전에 집중했다. 설핏 몰려오던 졸음이 달아난 지도 벌써 몇 십 분 전이었다. 차 안에서 느껴지던 안온한 기운도 어느새 사라졌다. 갑작스레 내리는 눈 때문만은 아니었다, 그것은.

나는 옆자리에 앉은 사내를 힐끗 바라봤다. 그는 옷에 붙은 나뭇가지며 잎들을 떼어내고 있었다. 어두컴컴한 차 안에서 본 사내의 얼굴은 살찐 도사 같았다. 늘어진 볼과 주름 가득한 목살, 그리고 송곳으로 뚫어놓은 듯 작은 눈까지. 문득 어릴 적 동네 이장 집에서 기르던 '돌쇠'라는 이름의 도사가 떠올랐다. 사람들을 보면 미친 듯이 컹컹대던 그놈은 어느 해 여름 마을 잔칫상에 올랐다. 집배원을 물어서 중상을 입힌 뒤였다.

"정말 고맙수다. 까딱했으면 야산에서 꼴깍할 뻔했지."

사내가 헤벌쭉 웃었다. 그러고는 트림을 했다. 고약한 냄새가 차 안에 퍼졌다. 시큼한데다 술 냄새까지 섞여 있었다. 게다가 비린내까지. 사내 몸에 묻어 들어온 바깥 공기의 비릿함이라고 하기에는 너무 진했다.

"어디서부터 등산을 한 겁니까? 이 주위엔 마을이라곤 없는 걸로 알고 있는데."

내가 물었다. 악취를 참느라 나도 모르게 코맹맹이 소리가 나왔다.

"몰라. 아, 이놈의 산속에서 한참 길을 잃고 헤매다 보니까 내가 어떤 방향으로 올라왔는지 당췌 알 길이 있나! 그냥 살아야 되겠다는 생각으로 밑으로만 내려왔지. 정신을 차리고 보니까 국도더구만. 마침 나도 길가에 있는 시커먼 물체를 보고 다가가던 참인데 멀리서 불빛이 보이더라고. 어찌나 반갑던지……."

꺼억.

또 다시 트림을 했다. 뭘 먹었는지 속을 헤집어 보고 싶을 정도로 끔찍한 냄새가 코를 찔렀다. 살짝 얼굴을 찌푸리며 룸미러를 보니 K도 나와 똑같은 표정을 짓고 있었다.

"따뜻한 차 안에 들어와 있으니 좋구만. 운전하시는 양반은 복 받을 거요. 내 장담하지. 훗훗."

사내가 팔짱을 끼고는 의자에 머리를 파묻었다.

국도변의 산들은 대체로 산세가 험하고 시작과 끝이 명확하지 않다. 등산로가 잘 닦인 유명산이나 야트막한 동네 뒷산과는 다르다. 즉, 국도변으로 펼쳐진 산을 오르는 것은 드문 일이고 몇 킬로미터나 인가가 없었던 이 구간에서 등산을 한다는 것은 더 이해하기 힘든 일이었다.

"등산을 좋아하시는가 보군요."

내가 입을 뗐다. 정작 하고 싶었던 말, "이 겨울에 별다른 장비도 없이 산에 오른 걸 보면 말입니다"는 속으로 삼킨 채.

사내가 감고 있던 눈을 떠서 지그시 나를 바라봤다. 작지만 눈초리는 매서웠다. 빨갛게 충혈된 눈이 이상하리만치 반짝였다.

"암! 좋아하고말고. 산은 말이오, 거짓말을 안 해. 요령을 피우지도 않고 인간을 속이지도 않지. 힘들면 힘든 대로, 또 편하면 편한 대로 산을 오르다 보면 딱 올라간 그 높이만큼 뭔가를 준단 말이야. 뭐, 잘못하다가는 황천길로 가기도 하지만. 훗훗훗."

사내는 자기가 한 말이 재미있어 죽겠다는 듯 웃음을 터트렸다. 산에 대해서 이러쿵저러쿵 말을 하긴 했지만 사내의 차림새는 산을 즐겨 타는 사람이라고는 믿기지 않을 정도로 조악했다. 애초에 등산복이라고 생각했던 검은 옷은 싸구려 오리털 파카와 검게 염색한 군복 바지에 지나지 않았다. 신발도 등산화가 아닌 군화였다. 정말로 산속을 헤맨 것이라면 죽지 않고 국도까지 내려온 건 거의 기적에 가까운 일이었다. 그 흔한 귀마개 하나 없이 겨울 산을 탈 생각을 하다니. 사내의 차림새는 등산용이라기보다는 오히려…….

사내에게서 눈을 떼고 전방을 바라보려는 그때, 이상한 물건이 눈에 들어왔다. 나는 다시 한 번 사내를 살폈다. 그는 허리춤에 무언가를 차고 있었다. 길쭉한 검은색 가죽 케이스. 그 위로 도톰한 손잡이가 비죽 올라와 있다.

칼이구나!

순간, 사내와 눈이 마주쳤다. 그가 칼을 빼들었다.

"이 칼 말이오? 등산용 칼이지. 내 이놈이 없었다면 그 험한 숲을 헤치고 나오지 못했을 거요. 침엽수림이 어찌나 빽빽하던지……. 훗훗훗."

잘 벼른 칼날이 어둠 속에서 번뜩였다. 등산용이라고 하기에는 너무 크고 날카로웠다.

"말이 나와서 하는 말인데, 내 한 가지만 묻겠소. 어떤 칼이 좋은 칼인지 아시오?"

나는 고개를 저었다.

"그러지 말고 한 번 맞춰 보시오. 생각나는 대로 말하면 되지."

사내가 칼의 한쪽 면으로 자기 왼손바닥을 두드렸다. 탁. 탁. 탁. 규칙적인 그 동작과 소리에 괜스레 신경이 날카로워졌다.

"좋은 칼 나쁜 칼이 어디 있겠습니까? 그냥 날카롭고 잘 들면 좋은 칼 아닐까요?"

나는 그렇게 대답한 후 "하하" 공허한 웃음 두 마디를 더했다. 대화를 그만하고 싶다, 그런 의미로.

"훗훗훗. 틀렸어요. 틀렸어. 자, 다시 한 번 기회를 주겠소. 어떤 칼이 좋은 칼일 것 같소?"

사내는 집요했다. 아니면 눈치가 없거나.

나는 대답 없이 앞만 바라봤다. 마침 곡선구간으로 접어들었다. 좌우로 핸들을 돌릴 때마다 바퀴가 밀려 차가 기우뚱했다. 비린내는 점점 심해졌다. 사내는 말없이 나를 노려봤다. 뜨겁고 끈적끈적한 시선이 온몸을 훑었다. 나는 도움을 구하는 눈길로 룸미러를 통해 뒷좌석의 K를 바라봤다. 그는 어둠 속에 파묻힌 채로 미동조차 하지 않았다. 그렇게 한동안 침묵이 흘렀다. 목구멍에 박힌 가시처럼 뱉어낼 수도, 다시 삼킬 수도 없는 침묵.

불편한 시간이 흐르기를 몇 분, 사내가 나를 바라보던 고개를 정면으로 돌리더니 "훗" 하고 저 혼자 웃었다.

"좋은 칼이란 말이오, 찌르거나 자를 때 반발력이 없어야 하지. 그래야 오래 써도 팔에 무리가 안가. 날카로운 칼이야 많지만 강하면서도 부드러운 놈은 몇 안 되지. 이놈이 바로 그런 놈들 중 하나요. 훗훗훗."

사내가 칼을 허리춤의 칼집으로 밀어 넣었다. 칼날과 가죽이 맞닿으며 스으윽 하는 거북한 울림이 들려왔다. 훗. 훗. 훗. 뭐가 즐거운지 그는 연신 단발의 웃음을 쏟아냈다. 바람이 빠져나가는 풍선처럼 도무지 제어가 안 되는 모양이었다. 그런 사람들이 있다. 웃음이건 울음이건 끝장을 볼 때까지 뱉어내는 사람.

음침한 웃음을 듣기 싫어서 라디오의 볼륨을 높였다. 지지직거리는 잡음이 더 심해졌다. 사내가 웃음을 그치고 라디오를 바라봤다. 잡음 속에서 몽환적이면서도 웅장한 음악이 울려 퍼졌다. 드보르작의 교향곡 제9번, 신세계에서. 거칠고 날카로운 소리가 섞여 들려서 아쉽긴 했지만 음악을 들으니 곤두섰던 신경이 한결 누그러졌다. 가슴을 두근거리게 하는 4악장의 힘찬 선율, 새하얀 눈, 멋들어진 지휘자처럼 불어대는 바람, 그리고……

음악이 갑자기 끊어졌다.

"속보…… 연쇄살인…… 히치하이킹을 한 뒤…… 운전자를 잔인하게 살해…… 열두 명이 무참히…… 현재 국도를 따라 이 동…… 차 문 열지 말고…… 조심할 것을 당부……."

차가운 현실로 돌아왔다. 남자 앵커가 무덤덤하게 전하는 소식이 음악이 흐르던 자리를 대신했다. 뉴스는 끊어질 듯 말 듯 계속 이어졌다.

"현재…… 목격자의 증언을 토대로…… 전문가들은…… 사이코패스…… 불특정 다수를……."

"이 사건 어찌 생각하시오?"

라디오의 잡음을 뚫고 사내가 물었다. 얼굴이 내 옆으로 바싹 다가왔다. 더운 입김이 목덜미에 훅하고 느껴졌다.

"사건이라니, 무슨……."

"히치하이킹을 해서 차 주인을 죽이는 이 연쇄살인사건 말이오. 방금 라디오에서 열두 명인가 그랬지? 아무튼 그럴 수도 있다는 생각이 안 드오?"

사내는 호기심에 가득 찬 얼굴로 나를 바라보고 있었다. 안검경련이라고 했던가, 그의 오른쪽 눈 밑이 뭍으로 끌어올린 생선처럼 꿈틀거렸다.

"글쎄요……."

나는 딱히 대답할 말을 찾지 못해 애매하게 말을 흐렸다. 이런 질문에는 박학다식한 K가 전문이지만 그는 팔짱을 낀 채 뒷좌석에 앉아 참여할 의사가 없음을 밝혔다.

"젊은 양반은 누굴 죽이고 싶었던 적 없었소? 이른바 살의 (殺意) 말이요."

"없었다고 하면 거짓말이겠죠."

"그렇지. 내 말이 바로 그거요."

사내는 손뼉까지 치며 좋아했다. 고약한 냄새에 서서히 익숙해지듯 비로소 그와의 대화법을 알 것 같았다. 적당히 맞장구를 쳐 주고 적당히 대꾸해 주기. 곰 같은 덩치와는 어울리지 않게 남자는 꽤 수다스러웠고, 나는 그 수다를 들어 주는 '청자' 역할만 수행하면 될 터였다. 그렇게 생각하니 한결 마음이 편해졌다. 따지고 보면 사내는 퍽 훌륭한 동행이었다. 적어도 졸음은 쫓아주니.

"내가 어떤 책에선가 읽었는데 말이오, 인간들은 아주 사소한 것, 그러니까 개미 발톱만 한 계기로도 살의를 품는데, 그 계기라는 게 진짜 골 때리는 거더구만. 훗훗훗. 뭔 줄 아시오?"

"잘 모르겠는데, 뭘까요?"

도시와 가까워지고 있음을 알리는 표지판이 나타났다. 바람이 초록색 표지판을 마구 흔들어대고 있었다. 눈보라가 더 심해지면 도시에 닿기도 전에 국도에서 발이 묶일지도 모를 일이었다. 차는 한사코 달라붙는 눈발을 헤치며 투덜투덜 앞으로 나아갔다.

"길을 걷다가 발을 밟혔다거나, 만원 지하철에서 내 앞에 앉아 있는 사람이 일어날 생각을 안 할 때 그 뭐냐, 죽여 버리고 싶다 이 말이오. 물론 내가 그렇다는 건 아니고, 책에 그렇게 나와 있더라고. 그것 말고도 여러 개가 있었는데, 이 나이쯤 되니까 도통 기억이 안 나서……. 좌우지간 사람이 사람을 죽이는 데는 그렇게 거창한 이유가 필요하지 않다 이 말이오."

사내의 장광설은 어느 정도 일리가 있었다. 비단 살인이 아니더라도 세상에서 일어나는 모든 일의 이면에는 거창하고 중요한 이유보다 사소한 이유가 더 많이 개입되어 있다. 지금은 숨을 죽인 채 잠들어 있는 K도 비슷한 이야기를 했었다. "히틀러의 어머니가 어린 시절에 캔디를 하나만 더 줬더라도 이차세계대전은 일어나지 않았을 거라는 우스갯소리가 있지. 사실, 겉으론 어마어마해 보이는 일도 속을 까보면 유치하고 사소한 이유가 많아. 그러니까 매사에 대단한 의미 따위를 부여할 필요가 없다는 말이야. 넌 너무 진지해. 알겠어?"

내가 진지한지 어떤지는 모르겠지만 적어도 K의 말이 틀리지 않았다는 것쯤은 그 당시에도 알 수 있었다.

사내는 쉬지 않고 떠들었다.

"그렇지만 대부분의 사람들은 그 살의라는 걸 참거나 감추고 살아가지. 하지만 애초에 감추지 않는 사람들도 있어. 어떤 작자들은 그걸 감정의 조루나 뭐라나 밥 맛 없는 말로 부르던데, 내가 생각하기에 그런 사람들은 빌어먹을 정도로 정직하다이 말이오. 너무 정직하니까 감정을 숨기지 않고 확 드러내는거지."

"아. 네……."

얼굴에 사내의 침이 튀었다. 사내는 나를 향해 덮칠 듯이 상체를 숙이고 있었다. 힐끗 쳐다보니 어느새 안전벨트도 풀어버린 채였다. 사내의 두툼한 배 위로 눈에 반사된 전조등 불빛이 기괴한 모양의 그림자를 드리웠다. 그때였다. 오리털 파카의 가슴 부분에 묻은 검붉은 액체를 발견한 건. 운전을 하느라 다시 고개를 돌려야 했지만 흑해를 가로질러 놓인 빨간색의 징검다리들은 머릿속에서 쉽게 지워지지 않았다.

"나는 정직하지 못한 인간들을 보면 재수가 없어요. 재수가. 한 입으로 두말하거나, 겉으론 웃으면서 속으론 욕을 싸지르는 인간들 보면 열이 확 뻗치지. 나는 또 그런 인간들을 용케 구분해 낸다니까. 이렇게 스윽 보고 있으면 탁탁 나오거든. 그러니까 나는 뉴스에서 씹어대는 살인자라는 사람들을 응원한다 이말이오. 적어도 가식적이진 않잖아?"

나를 바라보는 사내의 시선이 뜨거웠다. 나도 모르게 입을 꽉 다물고 있었는지 턱이 얼얼했다. 눈보라는 조금 약해졌다. 대신에 바람은 더 거칠어져서 상처 입은 짐승처럼 울부짖는 바람소리가 차안에서도 생생하게 들렸다.

"이번 사건도 그렇소. 추운 날, 그러니까 딱 오늘 같은 날씨에 지나가는 차들을 세우려고 하는데 매정한 인간들이 모두 본체만체 그냥 지나친다고 생각해 보쇼. 새끼들 확 그어버리고 싶다는 생각이 안 들겠느냐 이 말이오. 차 좀 있다고 뻐기는 것들 죽여 버리고 내가 그 차 가지겠다는 생각이 드는 게 정상이지, 안 그렇소? 그러니까, 그 뭐냐, 히치……. 그래! 히치하이커에겐 죄가 없다 이 말이오. 훗훗훗."

사내의 말투에서 살얼음 같은 광기가 느껴졌다. 가르랑거리는 가래 끓는 소리는 폭발 일보 직전의 화산처럼 더욱 심해졌다. 더불어 비린내도 점점 짙어지고 있었다. 그냥 이야기만 들어주면 끝날 걸로 생각했던 내 안일한 생각이 아무래도 잘못된 모양이었다.

그 순간, K가 끼어들었다.

"앞을 봐."

생각에 잠겨 있다가 퍼뜩 정신을 차렸다. 불과 몇 십 미터 앞에서 화려한 불빛이 번쩍이고 있었다. 초록과 파랑, 경찰의 경광등 불빛이었다.

"저것들은 뭐야?"

불쾌하다는 듯 내뱉는 사내의 목소리가 살며시 떨렸다.

"불심검문인가 본데요."

그렇게 대답은 했지만, 나도 놀라긴 마찬가지였다. 눈이 쏟아지는 밤, 그것도 시내가 아닌 한적한 국도에서 불심검문이라니. 경찰이 어지간히 할 일이 없거나, 언 발을 동동 구르며 검문을 할 만큼 중요한 일이거나 둘 중 하나일 것이다. 나는 경광등을 흔드는 경찰 앞으로 서서히 속도를 줄이며 다가갔다. 꽤 오랫동안 나와 있었던 건지 방수 덮개를 씌운 모자에 눈이 수북했다. 몇 미터 뒤 갓길에 세워둔 경찰차 지붕에도 눈이 많이 쌓여 있었다. 창문을 내렸다.

"죄송합니다. 잠시 검문 있겠습니다."

경찰이 경례를 올려붙였다. 그러고는 손전등을 들어 차 안을 비췄다. 갑자기 날아든 강렬한 불빛에 나는 눈을 찡그렸다. 사내가 "크흠" 하고 목을 가다듬었다. 불안한 눈치였다. 덩달아 내 심장도 뛰었다. 차 안에는 금방이라도 터질 것 같은 일촉즉발의 긴장감이 흘렀다. 경찰도 이상한 기운을 느꼈는지 좀체 손전등을 거두지 않았다.

"왜 이 시간에 검문을……."

내가 침묵을 깨고 경찰에게 물었다. 매서운 바람이 차 안으로 들어와 히터가 덮어놓은 따뜻한 공기를 조금씩 갉아 먹었다. 목덜미에 소름이 돋았다. 경찰이 손에 든 무언가를 들여다보며 대꾸했다.

"아! 그 연쇄살인범 때문에요."

"고생이 많으시군요. 그 사람이 이 국도에 나타났는가 봐요?"

"그런 제보가 있었답니다. 자세한 거는 저도 잘 모르고……. 그런데 두 분은 어디로 가십니까?"

나는 몇 분 전 지나쳐 온 표지판에 새겨져 있던 도시 이름을 댔다. 경찰관이 잠시 생각하는 표정을 지었다. 많아야 이십대 후반에서 삼십대 초반으로밖에 안 보이는 젊은 사람이었다. 그래도 눈빛은 살아 있었다. 그가 차 안으로 고개를 쑥 들이밀며 물었다.

"두 분, 일행이세요?"

뭐라고 대답해야 할지 몰라 잠시 머뭇거리는 사이, 사내가 먼저 치고 나왔다.

"보면 모르쇼? 같이 타고 가는데, 그럼 일행이지 남이겠소?"

"두 분 복장이 너무 달라서요. 게다가 그쪽 분은 눈 속을 헤맨 것 같고……."

그때, 지금까지 차 안에 틀어박혀 있던 또 다른 경찰이 밖으로 나왔다. 나이도 지긋해 보이는 것이 검문 중인 경찰보다 상관인 듯싶었다. 검문이 빨리 끝나지 않는 걸 이상하게 생각했는지 처음부터 말투에 가시가 돋아 있었다.

"뭐야? 무슨 일이야?"

젊은 경찰관이 걸어오는 상관을 향해 뛰어갔다. 그러더니 무언가 이야기를 나누기 시작했다. 전조등 불빛에 두 사람의 얼굴이 훤하게 드러났다. 심각한 표정이었다.

"제기랄……."

사내가 입술을 지그시 깨물며 말했다. 그의 초조함이, 바람을 타고 휘돌아나가는 비린내와 함께 그대로 내게 전해졌다.

"죄송합니다. 그쪽 검은 옷 입은 남자 분 잠시 내려 주시겠습니까?"

헐레벌떡 뛰어온 경찰이 사내를 향해 말했다. 상관 쪽도 뻐딱하게 선 자세로 차를 노려보고 있었다. 한 손은 어깨에 찬 무전기 위에 올라가 있었다. 나는 사내를 쳐다봤다. 뻐끔하게 뚫린 그 눈이 튀어나올 듯 커진 상태였다. 눈 밑의 경련은 더 심해져서 숫제 지렁이처럼 꿈틀거렸다. 사내가 주먹을 쥐었다 폈다. 그러고는 나를 향해 고개를 돌렸다. 느린 그 동작 안에 날선 분노가 깃들어 있었다.

"……새끼들."

사내는 욕을 주워 삼키며 차에서 내렸다. 겨울잠을 자다 너무 일찍 일어나는 바람에 잔뜩 성난 늙은 곰 같은 뒷모습이었다. 사내는 경찰들 쪽으로 어기적어기적 걸어갔다. 경찰 두 명이 포위하듯 둘러쌌다.

"저 놈 정체는 뭘까?"

K가 물었다.

"나도 모르겠는데……."

"너도 아까 봤지? 고라니가 죽어 있던 모습. 그건 차에 치인 게 아냐. 날카로운 물건으로 배가 갈라진 거지. 게다가 잘린 것처럼 너덜너덜한 한쪽 다리하며."

그 점은 나도 이상하게 생각하고 있었다. 그리고 그 의혹은 사내의 칼과 옷에 튄 검붉은 얼룩을 보면서 머릿속에서 점점 구체화되었다.

"저거 한 번 열어봐."

K가 말한 것은 사내가 놓고 내린 배낭이었다. 조수석 밑에 떨어져 있었다.

"뭐가 들었는지 궁금하지 않아?"

정작 궁금한 건 자기이면서 K는 종종 내 핑계를 댔다. 하지만 지금은 나도 못 견디게 궁금했다. 가방 속에 무엇이 들었는지, 그리고 사내의 정체가 무엇인지.

경찰들과 사내의 이야기는 계속 이어졌다. 내릴 때만 해도 기세등등하던 사내는 똥마려운 사람처럼 불안한 표정이었다. 흩날리는 눈보라 속에 선 세 사람에게서는 일종의 비장미마저 느껴졌다. 그들 사이를 휘도는 긴장감이 차 안까지 전해졌다.

나는 눈치를 살피며 배낭 쪽으로 손을 뻗었다. 역시나 검은 색이었다. 입고 있던 옷이 조악했던 데 반해 배낭은 꽤나 튼튼

해 보이는 등산용이었다. 천천히, 지퍼에 손을 가져다댔다. 배낭은 축축했다. 손을 대자 물기가 묻어나왔다. 다시 바깥을 살폈다. 젊은 경찰이 사내의 팔을 붙잡고 있었다. 상관은 무전기에 대고 뭐라고 떠들기 시작했다. 상황이 급하게 돌아가는 모양이었다.

"빨리 열어. 시간이 없어."

K가 속삭였다.

크게 심호흡을 한 뒤 지퍼를 열었다. 맞물려 있던 지퍼가 벌어지며 귀에 거슬리는 '끼릭끼릭' 하는 소리가 났다. 검은 배낭이 아가리를 벌렸다. 실체 없이 공기 중을 떠돌던 비린내가 봉인이 풀린 악귀처럼 와락 달려들었다. 나는 그 안으로 손을 넣었다. 섬뜩할 정도로 차가운 무언가가 손가락 끝에 닿았다.

그때였다. 외마디 비명이 밤하늘에 울려 퍼졌다. 재빨리 고개를 들었다. 경찰 하나가 눈밭에 구르고 있었다. 젊은 쪽이었다. 전조등 불빛을 받아 색감을 잃은 검은색 액체가 경찰의 얼굴에서 흘러내렸다. 사내가 주춤주춤 뒤로 물러섰다. 손에는 아까 내게 보여줬던 칼을 들고 있었다.

"이, 이 자식이!"

무전기를 들고 있던 상관이 허리춤을 더듬었다. 아마 권총을 꺼내려는 모양이었다. 다음 순간 사내가 몸을 웅크린다 싶더니 곧 경찰에게로 달려들어 가슴팍에 부딪쳤다. 경찰은 이 미터가 넘게 날아가 바닥에 쓰러졌다. 달려 나간 힘을 이기지 못해 눈밭에서 비틀거리던 사내가 중심을 잡고는 고개를 휙 돌렸다.

불과 일이 초 사이에 벌어진 한밤의 활극을 꼼짝도 않고 지켜보던 나는 사내와 눈이 마주치고서야 번쩍 정신이 들었다.

"온다!"

K가 외쳤다. 사내가 차를 향해 뛰어왔다. 나는 사내에게서 눈을 떼지 않은 채 배낭의 지퍼를 닫으려 했다. 하지만 덫에라도 걸린 것처럼 지퍼가 중간에서 움직이지 않았다. 힘을 줘 당겨봤지만 꿈쩍도 안 했다. 사내가 조수석 바로 옆까지 다가왔다. 할 수 없이 배낭을 그대로 두고 아무 일도 없었다는 듯 운전대를 잡았다. 거의 동시에 사내가 문을 열고 올라탔다. 흥분이 피워 올리는 더운 기운이 사내의 온몸에서 뿜어져 나왔다.

"골치 아프게 됐군."

K가 조용히 속삭이고는 다시 어둠 속에 파묻혔다.

"그러게 말이야."

내가 말했다.

"뭘 그렇게 종알거려? 빨리 출발해."

사내가 윽박지르는 바람에 재빨리 입을 닫았다. 말투는 물론이고 목소리도 달라져 있었다. 차를 세우기 전까지의 목소리가 애써 광기를 감춘 연극적인 것이었다면 지금은 상처 입은 들짐승처럼 마음껏 포효하고 있었다.

나는 출발했다. 경찰관 두 명이 비틀거리면서 일어나고 있었다. 젊은 쪽은 상처가 깊은 것 같지는 않았다. 피가 흐르는 얼굴을 움켜쥐고 뭐라고 소리치는 모습이 룸미러를 통해 보였다가, 점점 멀어졌다.

"새끼들…… 아무것도 아닌 것들이 말이야…… 그깟 놈들…… 좀 죽였다고…… 훗훗훗."

사내는 그렇게 말하면서 누런 이를 드러내고 웃었다.

"못 따라오겠지? 응? 이대로 내빼면 되겠지?"

사내가 내 어깨에 손을 얹으며 뒤를 돌아봤다. 지나온 길은 이미 어둠에 싸여 있었다. 아직까지는 경찰차의 움직임은 보이지 않았다. 문득 목덜미에 차가운 기운이 느껴졌다. 칼이었다. 사내가 내 어깨에 올려놓은 손에서 뻗어 나온 칼날이 목에 닿을락 말락 했다.

"그냥 달리기만 해서는 곧 잡힐 겁니다."

내가 말했다. 와이퍼에 밀려 속절없이 흩어지는 눈가루처럼 내 목소리가 살며시 떨렸다.

"경찰들이 이미 무전 연락을 취했을 겁니다. 그리고 따라오는 중이겠죠. 눈이 많이 와서 속력을 높이긴 어렵겠지만, 그건 이 차도 마찬가지니 국도를 따라가다 보면 반드시 따라 잡히게 되는 거죠."

"그럼 어떻게 하자는 거야?"

나는 머리를 굴렸다. 다시 몰아치기 시작한 눈보라, 미친 개 같은 사내, 쫓아오는 경찰, 그리고 점점 끓어오르는 욕망. 해결 해야 될 문제들이 한둘이 아니었다.

"잡히면 절대 안 돼! 알겠어? 무조건 도망치는 거야. 만약 잡 히면 그때는……."

번뜩이는 눈으로 사내가 나를 노려봤다. 그건 나도 바라는 바가 아니었다.

"알겠습니다."

나는 가속페달을 더 세게 밟아 산으로 둘러싸인 구간을 빠르 게 벗어났다. 속력을 높이면 높일수록 손 안에서 핸들이 따로 놀았다. 하지만 우는 애를 달래듯 곱게 운전할 여유가 없었다. 바퀴가 미끄러지지 않기를 바랄 뿐이었다.

얼마나 달렸을까, 드문드문 인가가 보이기 시작했다. 국도변 에 늘어선 집들은 망망대해에 찍힌 작은 무인도 같았다. 그 사 이로 논밭이 펼쳐져 있었다. 나는 핸들을 꺾었다.

"뭐, 뭐야?"

사내가 놀란 목소리로 소리쳤다. 타이어가 끔찍한 비명을 질 렀다. 차가 크게 휘청거리다가 간신히 균형을 잡았다. 나는 멈 추지 않고 논과 논 사이에 난 작은 길로 차를 몰았다.

"뭐냐니까? 이 새끼야!"

사내가 내 옷깃을 거칠게 잡아챘다.

"일단, 이곳에 차를 세우고 숨어 있는 겁니다. 불을 모조리 끄면, 쫓아오는 경찰차도 모르고 지나칠 겁니다. 그걸 확인하고는 차를 돌려서 반대 방향으로 달리면 되죠. 상대적으로 그쪽에는 포위망이 허술할 테니."

나는 침착하게 대답했다. 아이큐가 두 자리밖에 안 될게 분명한 사내가 내 말을 알아들었기를 바라면서. 다행히 사내가 안도의 한숨을 내쉬며 고개를 끄덕였다.

"그, 그렇군. 그런 방법이 있었어."

적당한 곳에 차를 세웠다. 국도가 보이는 위치라 경찰차가 지나가는 걸 지켜볼 수 있었다. 시동을 껐다. 어둠이 기다렸다는 듯이 달려들었다. 눈은 끊임없이 낙하했다. 마치 깔깔대며 장난치는 하얀 악마 같았다. 죽어가는 사람처럼 얕은 신음만 내뱉던 라디오가 차를 멈추자 다시 살아났다. 나는 볼륨을 줄였다.

"…… 박사님께서는…… 특징을…… 어떻게……."

나와 사내는 조용히 뒤를 돌아봤다. 어두운 국도에는 정적만이 감돌았다.

"일단은…… 선량해 보이는…… 사이코패스라기보다는…… 정신분열……."

툭. 툭.

사내가 칼등으로 자기 뺨을 두드렸다. 규칙적으로, 계속해서.

그 편집증적인 행동에 신경이 날카로워지려는 찰나 사이렌 소리가 들렸다. 둘 다 귀를 쫑긋 세우고 국도를 응시했다. 거친 숨소리만이 차 안을 맴돌았다.

"열두 명이라는…… 희대의 사건이…… 안타까운 일이……."

경찰차가 나타났다. 번뜩이는 경광등 불빛이 먼저였다. 요란한 사이렌과 함께 우리 눈앞을 지나간 경찰차는 소리의 궤적만을 남긴 채 점점 멀어졌다.

"됐다!"

사내가 기쁜 듯 소리쳤다. 나는 핸들을 향해 고개를 돌렸다. 첫 번째 문제는 잘 넘어갔지만 해결해야 할 것들이 아직 몇 개 더 남았다. 지체하고 있을 시간이 없었다. 경찰을 따돌렸으니 사내의 광기도 점점 그 도를 더할 것이다. 그리고 사내의 날선 기운이 강해지면 강해질수록, 차 안을 떠도는 악취가 짙어지면 짙어질수록 어둠 속의 악귀도 굶주림에 몸부림칠 것이다.

나는 룸미러를 통해 K와 눈빛을 교환했다. 녀석은 나와 다른 생각인 듯했다. K와는 언제나 의견이 엇갈렸다. 잘난 척, 거친 척은 혼자 다하면서 막상 결정의 순간이 오면 녀석은 한발 뒤로 물러섰다.

"이것 봐 젊은 양반. 곱상하게 샌님처럼 생겨서 몰라봤는데, 생각보다 배짱이 두둑한데! 홋홋홋."

사내가 만족스럽다는 얼굴로 나를 돌아봤다. 그의 우악스러운 손이 내 목덜미를 잡고 흔들었다. 칼은 어느새 허리춤에 들어가 있었다.

"자, 이제 달리자고. 빌어먹을 경찰 새끼들이 여기고 저기고 들쑤시기 전에 도시로 들어가 버리는 거야."

"알겠습니다."

나는 시동을 걸었다. 차가 몸을 부르르 떨더니 으르렁거리며 움직이기 시작했다. 뒤쪽을 살피며 후진으로 논길을 빠져나갔다. 사내는 아까처럼 계속 떠들었다.

"오늘은 재수 옴 붙은 날이었지. 바보같이 길이나 잃고, 같이 왔던 놈들은 먼저 도망가 버리고, 모처럼 잡은 놈은 도로에 던져놔야 했고, 그래도 결국에는 다행이구만. 자네 차를 얻어 탈 수 있어서 정말 다행이야!"

짝.

사내가 말을 마치면서 내 어깨를 경쾌하게 후려쳤다. 격려라기에는 너무도 과격했고, 감사를 표한 거라고 하기에는 무례하기 짝이 없었다.

나는, 결심을 굳혔다.

"저…… 아무래도 차가 좀 이상한 거 같은데 잠시 세워서 살펴보고 가죠."

차를 멈추면서 그렇게 말했다. 그러고는 옆 자리의 사내를 살폈다. 사내는 내 얼굴을 뚫어져라 응시하고 있었다. 운전대를 잡은 두 손에 땀이 찐득하게 배어 나왔다.

"너무 무리해서 눈 속을 달렸더니……."

나는 몇 마디를 더 보탰다. 핏발 선 사내의 눈이 금방이라도 튀어나와 차 안을 구를 것만 같았다. 잠시 후, 사내가 그 기분 나쁜 웃음을 토해내며 슬그머니 고개를 돌렸다.

"훗훗훗. 그렇게 하지. 나야 뭐, 얻어 타는 처지니까, 차 주인이 그렇다면 그런 거지. 이상하다는데 어쩌겠어. 이상하다는데……. 차가 이상하다는데 살펴봐야지. 이상하다는데……."

사내는 계속해서 중얼거렸다. 안구가 불안정하게 이쪽저쪽으로 움직였다. 나는 비상깜박이와 전조등 불빛만 켜둔 채 아예 시동을 끄고 자동차 열쇠를 내 주머니에 넣었다. 그러고 나서 어둠 속에서 더듬더듬 트렁크 스위치를 찾았다.

텅.

트렁크 열리는 소리가 밤하늘에 울렸다.

"일단 트렁크부터 살펴볼까?"

일부러 큰 소리로 떠들면서 차문을 열고 내렸다. 사내는 아직까지도 혼자서 중얼거리며 눈알을 이리저리 굴리고 있었다. 나는 트렁크 쪽으로 다가갔다.

"위험해. 하지 마!"

K가 나를 말렸다. 필사적인 표정이었다.

"겁쟁이. 넌 들어가 있어."

내가 속삭였다.

바로 그때, 조수석 문이 열리는 소리가 들렸다. 그리고 이어지는 발소리.

"뭐, 내가 도와 줄 일은 없어? 이래봬도 내가 차를……"

차가운 눈송이가 굳은 얼굴을 두드렸다. 심장이 두근거렸다. 등을 돌리고 서서 트렁크 안을 들여다보는 시늉을 하고 있는 내 뒤로 사내의 가래 끓는 소리가 점점 더 가까워졌다. 한 발, 두 발, 세 발…….

픽.

트렁크에서 꺼낸 몽키스패너로 있는 힘껏 사내를 내리쳤다. 순식간이었다. 사내가 흰 눈 위로 새빨간 피를 뿜으며 쓰러졌다. 비명조차 지르지 못했다.

나는 사내에게로 달려들어 두 번, 세 번 계속해서 스패너를 휘둘렀다. 사내의 이마가 찢어졌다. 눈처럼 하얀 뼈가 그대로 드러났다. 단단한 뼈를 부쉈다. 두개골이 박살나는 느낌이 빨간 쇠뭉치를 타고 생생하게 전해졌다. 핏물에 섞여 누렇고 진득한 액체가 흘러나왔다.

신음소리를 내던 사내는 곧 축 늘어졌다. 나는 천천히 호흡을 가다듬은 후 몸을 일으켰다. 혈관을 타고 미친 듯이 달리던 흥분이 조금씩 가라앉았다. 다시 트렁크 쪽으로 갔다. 역시 내

예상대로였다. 고라니 시체를 보고 급정거를 할 때 이미 비닐봉투가 뜯어졌던 것이다. 비릿한 냄새는 사내의 가방에서만 풍겨오는 것이 아니었다.

트렁크 바닥에는 피와 살점이 흥건했다. 스패너를 꺼냈던 공구함 옆에는 다리 한 짝이, 걸레 주위에는 팔 한 짝이 흩어져 있었다. 내가 몰고 있는 차의 주인, 그러니까 불과 어제 오후만 해도 살아서 트로트 시디를 들었던, 유치하고 촌스러운 남자의 머리가 트렁크 바닥에서 구르고 있었다.

"결국, 또 저지르고 말았군."

K가 한숨을 뱉으며 말했다.

"이것 봐, 친구. 그렇게 남 일처럼 말하면 어떻게 해. 도와주기 싫으면 그냥 입 닫고 있어. 계속해서 떠들면 다시는 못 나오게 막아 버릴 테니까."

K는 어둠 속으로 사라졌다. 녀석은 박학다식해서 긴 여행길에 말동무 삼기는 제격이었지만 의외로 보수적이라 사사건건 시비를 걸었다.

나는 신문지에 싼 톱을 꺼내 들고 쓰러진 사내에게로 천천히 다가갔다. 그리고 마지막 말을 건넸다.

"내 편을 들어 준 건 고맙지만 말이야, 넌 말이 너무 많아!"

작업은 순식간에 끝났다. 열 번 넘게 사람을 토막 내다 보니

나도 모르게 익숙해졌다. 처음에는 서툴러서 거의 한 나절이 걸렸었다.

사내는 아마 밀렵꾼인 듯했다. 배낭을 뒤져보니 고라니의 간으로 짐작되는 새빨간 핏덩어리와 녹슨 올무, 그리고 분해된 엽총이 나왔다. 아마 올무에 걸린 고라니를 해체하다가 눈 속에서 고립된 모양이었다. 경찰의 추적을 필사적으로 피한 걸로 봐서는 전과가 꽤 되는 것 같았지만, 내 궁금증을 해소해 줄 상대는 이미 여남은 개의 조각으로 나뉘었다.

트렁크에 처박아 둔 가방에서 검은 봉투를 여러 장 꺼냈다. 트렁크에서 나뒹구는 여러 조각의 차 주인과 아직까지 따끈따끈한 사내를 봉투에 담았다. 주인과 사내의 머리는 사이좋게 한 봉투에 넣었다.

땀방울 맺힌 이마를 찬바람이 스치고 지나갔다. 한기가 등짝을 휘돌았다. 어서 따뜻한 차 안에 들어가 다음 도시를 향해 출발하고 싶은 마음뿐이었다. 다음번엔, 라디오가 잘 나오거나 클래식 시디를 가지고 있을 법한 차를 선택하리라.

땡. 땡. 땡.

밤하늘에 울려 퍼지는 비상깜박이의 경고음을 끄고 다시 시동을 걸었다. 천천히, 어둠 속의 다음 목적지를 향해 차를 출발시켰다. 라디오는 다시 잡음을 쏟아내기 시작했다.

"이번 연쇄살인마는…… 지지직…… 평범한 사람일 가능성

이…… 지지직…… 어떠한 목적도 없이…… 지지직.…… 지지
직…… 지지직……."

어느새 나타난 K가 마음속에서 중얼거렸다.

"언제까지 다른 사람 차를 얻어 탈거야?"

"죽을 때까지."

내가 대답했다.

검은 여자

이상한 소리가 들렸다.

혁수는 걸음을 멈추고 이어폰을 뺐다. 7월이었지만 새벽 공기는 찼다. 바람 끝에 습기가 가득했다. 밤사이 곳에 따라 폭우가 내릴지도 모른다던 일기예보를 떠올리며 혁수는 가만히 귀를 기울였다.

또 한 번, 그 소리가 들렸다.

비명 같기도 하고 신음 같기도 한 소리.

혁수는 자기도 모르게 소리가 들리는 골목 쪽으로 걸음을 옮겼다. 재개발이 확정되면서 사람들이 썰물처럼 빠져나간 이 동네는 밤에도 가로등이 켜지지 않았다. 자연스레 어둠이 기승을 부렸고 인적 드문 골목에는 기분 나쁜 정적만 쌓여갔다. 얼마 남지 않은 주민들도 숨을 죽인 채 살아가고 있었다. 물론 그 중에는 여전히 신문을 받아보는 사람이 있었고 그 때문에 혁수 역시 이 동네를 돌아야만 했다.

"거긴 뭔 일이 생겨도 이상할 게 없는 동네니까 후딱 배달하고 빨리 떠."

신문 보급소 소장의 말마따나 이 동네에서는 크고 작은 사건이 끊임없이 터졌다. 양아치 몇 명이 빈집에서 술을 먹다가 싸움을 벌인 적도 있었고, 강도가 들어 사람이 다치는 사건도 있었다. 최근에는 사람이 사라진다는, 믿지 못할 소문도 떠돌았다. 혁수는 거듭 조심을 했다. 항상 헤드랜턴을 낀 채 돌아다녔고 신문을 넣어야 하는 집이 아니면 거들떠보지도 않고 동네를 떴다. 그래서인지 신문배달을 시작한 후로 한 달이 지나는 동안이 동네에서 별다른 문제를 겪지는 않았다.

그랬는데…….

"하악!"

어두컴컴한 골목 안쪽에서 들려온 그 소리에 혁수는 움찔했다. 분명히 여자가 내는 소리였다.

도움이 필요한 걸까?

혁수는 잠시 망설였다. 귀찮은 일에 엮이긴 싫었다. 아직 배달해야 할 신문도 잔뜩 남아 있었다. 무엇보다 무슨 일이 벌어졌다 한들 자신이 할 수 있는 일이 없을 것 같았다. 혁수는 그다지 힘이 세지도, 그렇다고 덩치가 크지도 않았다. 그런데도 골목 안쪽으로 한발 들어선 건 순전히 어머니 때문이었다.

며칠 전, 어머니가 엉금엉금 기다시피해서 집으로 돌아왔다. 어머니는 꼴이 말이 아니었다. 머리카락은 다 헝클어졌고 얼굴에는 멍이 가득했다. 깜짝 놀란 혁수가 무슨 일이냐고 묻자 어머니가 벌벌 떨면서 대답했다.

"버스에서 내려 걸어오는데 어떤 미친놈이 다짜고짜 달려들어선 주먹을 휘두르지 뭐냐. 난 너무 무섭고 아파서 그놈 얼굴도 제대로 못 봤다. 살려달라고, 도와달라고 아무리 소리를 질러도 누구 하나 구해주는 사람이 없더라."

피가 거꾸로 솟는 기분이었다. 혁수는 당장에라도 달려 나가 그놈을 찾고 싶었지만 어머니가 말렸다. 험한 꼴 더 안 당하고 이쯤에서 끝나 다행이라면서. 전신에 타박상을 입은 어머니는 청소일도 못 나가고 며칠째 누워만 지내고 있었다. 어머니를 때린 그놈도 그놈이지만 그 장면을 보고도 그냥 지나쳤다는 수많은 사람들에게 화가 났다. 적어도 말리는 시늉이라도 해 볼 수 있지 않은가. 아니면 신고라도 해줬다면……

혁수는 한발 더 들어갔다. 어머니와 비슷한 상황에 처한 여자라면 마땅히 도와줘야 했다.

"무슨 일입니까?"

조심스레 물으며 골목 안을 향해 고개를 돌렸다. 이마에서부터 뻗어나간 헤드랜턴 불빛이 어둠을 밝혔다. 골목 안 깊숙이 희끄무레한 형체가 서 있는 게 보였다. 그 형체는 아래를 내려다보며 숨을 헐떡이고 있었다. 웃통을 벗은, 남자였다.

혁수는 슬쩍 주위를 두리번거렸다. 무기가 될 만한 걸 찾고 싶었지만 보이지 않았다. 그때였다. 남자가 숨을 한 번 크게 쉬는가 싶더니 아래쪽, 진득하게 어둠이 고여 있는 그곳을 향해 발길질을 했다.

"죽어!"

뒤이어 퍽, 하는 소리가 들렸다.

"으윽."

누군가가 신음을 흘렸다.

혁수는 재빨리 아래를 내려다봤다. 처음에는 미처 발견하지 못했던 사람이 바닥에 널브러져 있었다. 어둠과 거의 분간이 되지 않을 정도로 새까만 옷을 입고 있었는데 머리카락이 긴 걸로 봐서 분명 여자였다. 남자는 쓰러진 여자를 향해 다시 발길질을 했다. 발작적으로 몇 번이나.

"죽어! 죽어! 죽어!"

가만히 뒀다가는 큰일이 날 게 분명했다. 혁수는 크게 외치며 남자를 향해 손을 뻗었다.

"그만해요!"

그 순간 남자가 얼굴을 홱 돌렸다.

"으악!"

혁수는 불빛 안으로 갑자기 들어온 남자의 얼굴을 보며 비명을 질렀다. 얼굴 전체가 피투성이였다. 번들거리는 눈만 보더라도 제정신이 아닌 게 확실했다.

"우아아!"

남자가 괴성을 지르며 혁수에게 달려들었다. 혁수는 움찔하며 뒤로 물러섰지만 한 발 늦었다. 거의 몸을 날리듯 다가온 남자가 혁수를 밀치며 그대로 달리기 시작했다. 무시무시한 힘이었다. 혁수는 무방비 상태로 뒤통수를 벽에 부딪치고 말았다. 묵직한 통증도 잠시, 삽시간에 눈앞이 흐려졌다. 의식이 날아가고 있었다.

"안…… 돼…….."

그렇게 중얼거렸지만 제대로 된 발음이 나오지 않았다.

"괜찮아요."

바로 옆에서 부드러운 목소리가 들렸다.

"그리고 고마워요."

쓰러졌던 여자가 어느새 혁수를 내려다보고 있었다. 혁수가 마지막으로 본 것은 얼굴을 다 가리는 치렁치렁한 머리카락 사이로 드러난 여자의 새빨간 입술이었다.

여자는, 웃고 있었다.

쾅! 쾅! 쾅!

놈들은 금방이라도 문을 부술 기세로 두드려댔다. 쾅, 하는 소리가 들릴 때마다 어머니는 움찔움찔 놀랐다. 혁수는 그런 어머니의 손을 꼭 붙들고 얇은 섀시 문을 노려봤다. 불투명한 간유리 너머로 놈들의 윤곽이 보였다. 모두 덩치가 컸다.

"여기 있는 거 다 아니까 문 열어!"

놈들은 아버지를 찾아왔다. 어떻게 알아내는 건지 도망치듯 이사를 해도 며칠이 지나면 꼭 찾아냈다. 아버지가 죽었는지 살았는지 나도 모른다고 아무리 소리를 쳐도 소용없었다. 놈들 역시 알고 있을 것이다. 아버지가 행방을 감췄다는 사실을. 그래도 포기하지 않는 것은 역시 돈 때문이었다. 아버지가 사업을 한답시고 끌어다 쓴 사채. 이자에 이자가 더해져 엄청나게 불어난 그 돈을 혁수와 어머니는 갚아낼 재주가 없었다. 그러나 놈들의 생각은 달랐다.

"마른 오징어도 쥐어짜면 물이 나온다고. 알겠어?"

언젠가 그렇게 말하는 놈들을 보며 혁수는 진심으로 공포를 느꼈다. 공포는 다른 데 있는 게 아니었다. 돈이 없다는 게 공포였다. 돈이 없어서 대학을 포기하고 신문배달부터 주유소 알바까지 하루 종일 쉬지도 못한 채 일을 해야 하는 게 공포였다. 그래도 구멍 난 독에 물 붓기인 게 공포였다.

쾅! 쾅! 쾅!

놈들은 쉬지 않고 문을 두드렸다. 결국 기분 나쁜 소리와 함께 문짝이 떨어져 나갔다.

"까악!"

어머니가 비명을 질렀다.

놈들이 뛰어 들어왔다.

놈들은 커다란 도끼를 들고선…….

쾅!

"헉!"

혁수는 밭은 숨을 내쉬며 눈을 번쩍 떴다. 제일 먼저 눈에 들어온 것은 천장을 가로지른 거대한 거미줄이었다. 거미줄만큼이나 커다란 거미가 이름 모를 벌레 한 마리의 머리를 뜯어먹고 있었다. 그 모습이 끔찍하다기보다는 기괴하게 보였다. 현실감이 없었다. 여전히 꿈속을 헤매고 있는 느낌이었다.

쾅!

다시 들린 그 소리에 혁수는 퍼뜩 정신을 차렸다. 그제야 자신이 낯선 곳, 낯선 침대에 누워 있다는 사실을 깨달았다. 습기 가득한 어두컴컴한 방이었다. 벽의 페인트는 곳곳이 벗겨져 있었고 그 사이로 곰팡이가 진을 쳤다. 정체 모를 악취가 공기 중에 떠돌고 있었다. 혁수는 일어나려다가 신음을 흘리며 멈칫했다.

"윽."

뒤통수에서 뜨거운 통증이 살아났다. 눈앞이 어지러웠다. 아무래도 뇌진탕인 모양이었다. 구역질도 밀려왔다. 혁수는 어둠 속을 향해 소리쳤다.

"누구 없어요?"

소리는 멀리 뻗어나가지 못하고 먼지처럼 산산이 흩어졌다. 몸을 움직이려고 해봤지만 팔다리가 무거웠다. 특히 다리가 꼼짝도 하지 않았다. 하반신이 물속에 잠긴 것 같았다. 침대는 혁수를 자꾸만 끌어당겼다. 아무리 뇌진탕이라고 해도 이 정도로 정신을 차릴 수가 없다니 이상한 노릇이었다.

"도와주세요!"

혁수가 다시 한 번 외친 순간, 또 다른 소리가 들렸다.

스윽. 스윽. 스윽.

누군가가 발을 질질 끌며 다가오고 있었다. 드디어 도움을 받을 수 있겠다는 생각에 반가움이 밀려온 것도 잠깐, 서늘하고 오싹한 기운이 동시에 밀려왔다. 혁수는 영문을 모르는 상태에서도 본능적으로 몸을 웅크렸다. 그런 상태로 고개만 돌려 방문을 바라봤다. 방문 주위는 왠지 더 어두웠다. 찐득하고 *끈끈한* 어둠이 고여 있는 것 같았다. 그 어둠을 스윽 밀치며 여자가 모습을 드러냈다. 발목까지 내려오는 시커먼 원피스를 입고 검은색 머리카락을 길게 길러 얼굴을 가린 여자였다.

"아까 그분 맞죠? 괜찮으세요?"

혁수는 일단 그렇게 물었다.

여자는 대답을 하는 대신 방문 앞에 물끄러미 서서 혁수를 바라봤다. 무섭도록 마른 데다가 엄청나게 컸다. 어림짐작으로도 혁수 자신보다 컸다. 방문을 넘어올 때 머리를 살짝 숙이기도 했다. 마치 검은색 꼬챙이가 서 있는 듯했다. 한없이 날카롭고 뾰족한 꼬챙이.

"저…… 여기가 어딘가요? 어떤 일이 있었는지 통 기억이 안 나네요. 말씀 좀 해주세요."

혁수는 계속 말을 했지만 여자는 여전히 대답이 없었다.

뚝.

여자의 길고 긴 머리카락에서 물이 떨어져 내렸다. 그러고 보니 여자의 머리카락은 축축하게 젖어 있었다. 방금 전 샤워를 하고 나온 것 같았지만 그렇다고 말하기에는 좋은 향이 나지 않았다. 아니, 오히려 악취가 풍겼다. 날선 비린내, 땡볕에서 생선이 썩어갈 때 날 법한 냄새가 혁수의 코를 찔렀다.

혁수는 목소리를 조금 더 높였다.

"저기요? 제 말 듣고 있는 거 맞죠?"

그제야 여자가 반응을 했다. 고개를 갸우뚱한 것이다. 그러곤 들릴락 말락 한 목소리로 중얼거렸다.

"상현 씨는 소리를 안 지르는데."

"네? 뭐라고요?"

혁수는 고쳐 앉으려다가 다시 침대를 짚었다. 머리가 어질어질했다.

"아……."

"약을 너무 많이 썼나?"

이번에는 똑똑히 들었다. 여자는 분명 약이라고 했다. 약을 썼다고.

"지금 약이라고 했죠? 무슨 약이요?"

스윽.

여자는 단 한 번의 동작으로 방문 앞에서 침대까지 다가왔다. 그 움직임이 묘하게 부자연스러워 혁수는 흠칫 놀랐다. 게다가…… 여자가 다가온 것만으로 혁수를 둘러싼 공기가 뚜렷하게 차가워졌다.

"상현 씨. 약 기운이 돌아요?"

여자는 손을 뻗었다. 혁수는 피하려고 했지만 여자의 동작이 예상보다 훨씬 빨랐다. 여자가 혁수의 뺨을 어루만졌다. 그 손길이 너무 차가워 혁수는 자기도 모르게 쳐냈다. 짝, 소리와 함께 여자의 손이 한동안 허공에 머물렀다. 여자는 혁수를 내려다봤다. 커튼처럼 드리운 검은 머리카락 너머로 여자의 날카로운 눈빛이 느껴졌다.

"상현 씨가 아닌가? 이번에도……."

여자가 중얼거렸다. 혁수는 여자의 목소리에 담긴 분노의 기운을 놓치지 않았다. 이상하다는 생각을 한 것도 잠시, 혁수 역시 화가 치밀었다.

"이것 봐요! 도대체 무슨 말을 하는지 모르겠는데, 전 상현이 아니라고요. 정혁수라고, 정혁수! 그리고 좋은 말로 할 때 어떻게 된 건지 설명을……."

"흐음."

여자가 한숨 비슷하게 내쉬며 살짝 몸을 틀었을 때 혁수는 그걸 발견했다.

오른손에 들고 있는 손도끼를.

작지만 아주 예리해 보이는 놈이었다.

도끼날은 피가 묻어 번들거렸다.

혁수는 분위기가 심상치 않음을 직감했다. 묘한 행동과 말로 미루어 봤을 때 여자는 정상이 아니었다. 지금 자신이 처한 상황도 정상이 아니었다. 그것이 피 묻은 도끼에 이르면 정상이고 아니고를 떠나 아예 위험한 상황이라는 결론에 도달했다. 머리는 여전히 어질어질했고 몸에도 힘이 들어가지 않았다. 여자가 미쳐 날뛰기라도 한다면 꼼짝없이 당할 판이었다. 혁수는 마른침을 삼켰다.

"저…… 뭔가 오해가 있는가 본데요, 일단 진정을 좀 하세요. 진정을 하시고 우리 천천히 이야기해 봐요."

혁수는 최대한 부드럽게, 간신히 웃음을 유지하며 말했다. 뺨이 부들부들 떨렸다.

"아!"

여자의 목소리가 밝아졌다.

"상현 씨다. 친절하게 말하는 상현 씨. 이번엔 맞을 줄 알았다니까!"

여자는 뭐가 그리 좋은지 상체를 잔뜩 숙이며 꺽꺽 숨이 넘어갈 정도로 웃었다. 웃는 모습조차 어딘지 불길함을 풍겼다. 여자가 움직일 때마다 비린내가 진동했다. 혁수는 여자의 행동을 이해하려고 애썼다. 표정을 읽을 수 있다면 제일 좋겠지만 안타깝게도 머리카락에 가려 얼굴 대부분이 보이지 않았다. 보이는 건 새빨갛고 큼지막한 입뿐이었다.

'저 여자의 다음 행동을 예측해야 해. 그래야 살아나갈 수 있어!'

혁수의 본능이 그렇게 외치고 있었다.

빚쟁이들에게 쫓겨 다니면서, 여러 아르바이트를 하면서 혁수는 수많은 사람을 만났고 그 덕분에 다른 이의 의중을 파악하는 데는 제법 자신이 있었다. 비위를 맞추는 일에도 능숙했다. 저 불안정해 보이는 여자를 잘만 구워삶는다면 도끼날을 피해 이곳을 탈출할 수 있을 것 같았다.

문제는 자신의 상태였다. 필사적으로 머리를 굴리면서 동시에 주먹을 쥐었다 폈다 해봤지만 전혀 힘이 들어가지 않았다.

저 여자가 쓴 약이 무엇인지부터 파악해야 했다.

"하하. 네. 앞으론 친절하게 이야기할게요. 그러니까 가르쳐 줄래요? 저한테 무슨 약을 먹인 건가요?"

"주사."

"네?"

여자는 대답하는 대신 고개를 스윽 들어 혁수의 팔을 가리켰다. 혁수는 왼팔을 바라봤다. 어두워서 잘 보이진 않았지만 팔꿈치 안쪽에 분명 주삿바늘 자국이 있었다. 순간 또 다시 화가 치밀었다. 그냥 약을 먹인 거와 주사를 놓은 건 분명 다른 일이었다. 정체 모를 약물이 자신의 혈관을 타고 전신을 돌고 있다고 생각하니 오싹 소름이 돋았다. 혁수는 간신히 화를 가라앉히며 다시 물었다.

"아…… 주사를 놓은 거군요. 무슨 주사인가요?"

"안정제."

"왜 안정제를?"

"상현 씨가 아플까 봐 걱정했거든요."

혁수는 지그시 아랫입술을 깨물었다. 의료 지식은 없었지만 안정제를 맞으면 몸이 축 늘어지고 잠이 쏟아진다는 것쯤은 알고 있었다. 약효가 얼마나 지속되는 걸까? 몸에 힘만 돌아온다면 여자를 제압하는 것도 가능할 것 같은데 그 타이밍을 알 수 없었다.

"그렇군요. 고마워요. 그럼 제 물건들은 어디 있는지 알 수 있을까요? 돌려주시면 더 좋고요. 하하."

혁수는 여자의 눈치를 살피며 물었다. 옷은 그대로 입고 있었지만 핸드폰과 헤드랜턴, 그리고 오토바이 열쇠는 사라졌다. 여자가 숨긴 게 분명했다.

"아! 상현 씨 물건. 지금 필요해요?"

여자가 금방이라도 내줄 것처럼 물었다.

'됐다!'

혁수는 안도했다. 희망이 보였다. 자신이 상현이라고 철석같이 믿고 있는 지금 여자의 행동은 호의적으로 변할 수밖에 없었다. 여자에게 상현은 꽤 중요한 존재인 모양이었다. 문득 진짜 상현은 어떻게 됐을까 궁금했지만 지금은 거기에 신경 쓸 때가 아니었다. 혁수는 최대한 부드럽게 웃어 보이며 말했다.

"다른 건 필요 없고 핸드폰만 돌려줄래요?"

"핸드폰……."

"그래야 서로 연락할 수 있잖아요."

그 말이 결정적이었다. 여자는 크게 고개를 끄덕였다.

'생각보다 쉽잖아!'

혁수는 기대감에 차서 여자를 바라봤다. 여자는 빙긋 웃더니 혁수를 향해 바투 다가왔다. 놀란 혁수가 움찔 하는 사이 여자가 긴 팔을 뻗어 방금 전까지 혁수가 누워 있던 베개 밑으로 손을 넣었다.

"뭐야……."

혁수는 자기도 모르게 중얼거렸다.

여자는 베개 밑에서 핸드폰을 꺼냈다. 천천히, 보란 듯이. 그 걸 보는 혁수는 피가 거꾸로 솟는 기분이었다.

"여기 있네요. 상현 씨 핸드폰. 그런데 어쩌죠?"

혁수가 뭐라 반응하기도 전에 여자는 들고 있던 핸드폰을 바닥에 떨어뜨렸다.

"아!"

낡은 핸드폰은 떨어지자마자 액정에 금이 갔다. 그것으로 끝이 아니었다.

빠직!

여자가 유독 발가락이 긴 맨발로 혁수의 핸드폰을 힘껏 밟았다. 몇 번이나 계속해서, 액정이 아예 가루가 될 때까지. 혁수는 그 모습을 보면서도 어떤 행동도 하지 못했다. 여자의 광기 어린 행동 앞에서 혁수는 얼어붙을 수밖에 없었다.

핸드폰을 납작하게 밟아놓은 뒤 여자가 혁수를 바라보며 말했다.

"상현 씨는 언제나 나랑 같이 있을 거니까 이런 건 필요 없어요. 깔깔깔."

여자의 날카로운 웃음소리가 귀를 파고들었다. 혁수는 그제야 깨달았다.

'이 여자, 날 가지고 놀고 있어!'

여자는 제정신이 아니다 뿐 멍청하지는 않았다. 아니, 오히려 충분히 영악했다. 여자는 혁수의 반응을 기다리기라도 하는 듯 물끄러미 내려다보고 있었다. 혁수는 가까스로 마음을 추슬렀다. 지금 화를 내기라도 한다면 여자에게 당하고 만다. 여자가 도끼를 슬쩍 고쳐 쥐는 게 보였다.

"마, 맞아요. 우리 사이에 핸드폰 같은 건 필요 없죠. 하하."

혁수의 목소리가 떨렸다.

여자가 차가운 손으로 혁수의 뺨을 쓰다듬었다.

"어쩜 상현 씨는 제 마음을 이리도 잘 알까요?"

그때였다.

"으아악!"

어둠 속 어딘가에서 비명이 들려왔다. 고통에 찬 처절한 비명이었다. 귀를 틀어막고 싶을 정도였다. 혁수는 비명이 들리는 쪽으로 고개를 돌렸다. 여자도 마찬가지였다. 그 순간, 여자는 완전히 무방비였다. 혁수는 여자가 들고 있는 도끼를 재빨리 내려다봤다.

'지금이라면…… 여자한테 달려들어서…….'

혁수가 막 움직이려는 찰나 여자가 알고 있다는 듯 고개를 홱 돌렸다. 혁수는 그대로 굳었다.

"잠깐 다녀올게요. 상현 씨."

여자는 그 말과 동시에 스으, 스으 바닥을 끌며 방을 나갔다. 상체는 거의 움직이지 않지만 재빠른 몸짓이었다. 마치 한 마리 크고 기다란 뱀이 움직이는 것 같았다.

"저기……."

쾅!

문 닫히는 소리가 혁수의 말문을 막았다. 뒤이어 쇠와 쇠가 맞물리며 자물쇠 잠기는 소리가 들렸다. 그 사이에도 비명은 계속됐다. 여자가 비명을 지르는 저 남자를 향해 어떤 짓을 할지 상상도 하기 싫었다.

혁수는 숨을 한 번 고른 후 다시 방 안을 둘러봤다. 문 말고 다른 출입구는 없었다. 다시 봐도 휑뎅그렁한 방이었다. 가구도 침대 하나와 꽃병이 놓인 서랍장 하나가 전부였다. 그러고 보니 침대가 특이했다. 일반 침대가 아니라 철제로 만들어진 침대였다.

'여긴 마치…….'

병실 같다.

그렇게 생각하고 보니 더욱 확실했다. 왜 진작 눈치 채지 못했는지 의아할 정도였다. 재개발이 확정되면서 상가 건물도 빠르게 비었다. 슈퍼도 문을 닫고 편의점도 문을 닫았다. 그 중에 병원이 있다고 해도 이상할 게 없었다.

혁수는 필사적으로 기억을 더듬었다. 신문을 배달하던 구역에 이런 식의 입원실을 갖출 만큼 규모 있는 병원이 있었던가? 언뜻 생각나지 않았지만 한 가지는 확실했다. 이 병원은 아까 자신이 쓰러졌던 그 골목에서 그리 멀지 않은 곳에 위치할 것이다. 여자가 아무리 힘이 세다고 한들 정신을 잃은 자신을 끌고 먼 거리를 이동하지는 못했을 테니까.

그 생각을 하는 것만으로도 조금은 안심이 되었다.

어쨌든 알고 있는 지역이다. 신문 보급소 소장도 자신이 돌아오지 않으면 무슨 수를 쓸 것이다. 이 동네 입구에 오토바이를 세워놓았으니 경찰이 찾기도 쉬우리라. 그 전에, 이 빌어먹을 병실만 빠져나가면 도망칠 수 있다.

"좋았어."

혁수는 이불을 걷어냈다. 여자가 사라진 지금이 절호의 기회였다. 온힘을 쥐어짜내서라도 움직일 수 있다면, 그래서 문을 열 수만 있다면……

두 팔로 간신히 버티며 다리를 바닥에 내려놓았다. 발바닥을 타고 차가운 기운이 올라왔다.

"흡!"

숨을 한껏 들이쉬며 일어선 순간 무릎이 꺾이며 그대로 쓰러지고 말았다. 펄에 빠진 느낌이었다. 혁수의 가족이 아직 행복했던 시절, 여름이 되면 서해안으로 종종 캠핑을 떠나곤 했다.

바닷가 근처에 텐트를 치고는 수영도 즐기고 고기도 구워 먹었다. 제일 재미있는 건 뭐니 뭐니 해도 조개잡이였다. 개펄에 들어가 조개를 잡고 있으면 시간 가는 줄 몰랐다. 가끔은 다리가 통째로 개펄에 빠져 간신히 기어 나오기도 했다.

바로 그때처럼 두 다리를 마음대로 움직일 수 없었다.

혁수는 엉금엉금 기다시피해서 문까지 다가갔다. 이대로 포기할 수는 없었다. 여자가 돌아올 때까지 무턱대고 기다릴 수도 없었다.

문손잡이를 잡고 간신히 일어섰다. 나무문이었다. 손잡이는 돌아갔지만 문은 열리지 않았다. 남은 힘을 다해 몸을 부딪쳐봐도 마찬가지였다. 쿵, 하는 소리가 제법 묵직하게 울렸다. 그 순간 다시 비명이 울려 퍼졌다.

"으아악!"

이번에는 고통이 아니라 공포에 찬 비명이었다.

비명은 갑자기 뚝 멈췄다.

'뭐지?'

혁수는 온 신경을 집중해 귀를 기울였다. 아무런 소리도 들리지 않았다. 그래서 더 불안했다.

"열려! 열려!"

혁수는 문손잡이를 마구 돌렸다.

그때였다.

"또 다른 상현이 끌려온 모양이군. 크크크."

금방이라도 꺼질 듯 힘없는 목소리가 들려왔다. 벽 너머 옆 방에서였다.

"누, 누구세요?"

혁수는 쓰러질 듯 벽으로 다가가 소리쳤다. 다른 남자의 비명을 들었으면서도 또 다른 사람이 바로 옆에 있을 거라곤 생각지도 못했다. 혁수는 아예 벽을 두드리며 다시 물었다.

"그쪽도 저처럼 잡혀 온 겁니까? 여긴 어디고 저 여자는 도대체……."

"몰라. 당신이 검은 여자의 새로운 상현이라는 사실 말고는."

벽 너머의 남자가 대답했다.

"검은 여자?"

"내가 붙인 별명이지. 어때? 잘 어울리지? 크크크."

남자의 웃음은 뾰족한 무언가로 철판을 긁는 소리처럼 들렸다. 그만큼 거슬렸다.

"그쪽은 언제 잡혀왔습니까?"

"그것도 몰라. 여기 있으면 오늘이 어제 같고 어제는 또 오늘 같거든."

그 정도로 오래 잡혀 있었다는 말이다. 시간 감각을 상실할 정도로 오래. 그 사실을 깨닫는 순간 아까와는 다른 공포가 밀려왔다. 남자 역시 탈출을 시도했을 것이다. 그런데도 곧 죽을 것 같은 목소리로 저렇게 말한다는 것은 그것이 번번이 실패했다는 말이다. 혁수는 다급해졌다. 비명이 사라지고 이미 몇 분이나 지났다. 곧 여자가 돌아올 것이다.

"다, 당신은 누굽니까? 어쩌다가 갇히게 된 겁니까?"

"글쎄. 내가 누구였더라. 이젠 그것마저 가물가물하군. 난 아마 도시가스기사였을 거야. 아니, 상현이었나? 아니지. 내가 진짜 상현이었으면 이 꼴이 되지도 않았을 거야. 크크크. 어때? 넌 진짜 상현인가?"

"난 상현이 아니라고요! 도대체 상현이라는 그 개새끼가 누구기에 저 여자가 자꾸 저러는 겁니까?"

"크크크. 상현이 아니면 안 될 텐데. 너도 비명소리 들었지?"

"네, 네."

혁수는 그렇게 대답하며 마른침을 삼켰다. 금방이라도 여자가 문을 열고 들어올 것 같았다. 피범벅이 된 도끼를 든 채.

"저 치도 처음엔 새로운 상현이었어. 하지만 그걸 거부하고 도망치려 했지. 내가 도망쳐봐야 소용없다고 그렇게 일렀건만."

"그, 그래서 어떻게 된 겁니까?"

"크크크."

남자는 대답 없이 웃기만 했다.

"비명 지른 남자 어떻게 된 거냐고요?"

참다못한 혁수가 버럭 소리를 질렀다.

"쉿! 검은 여자가 온다."

남자가 속삭였다. 그러고는 미친 듯이 웃었다.

"크크크!"

아니나 다를까, 그 소리가 들렸다.

스윽. 스윽. 스윽.

여자가, 검은 여자가 발을 질질 끌며 다가오고 있었다. 혁수는 선택을 해야 했다. 이대로 얌전히 침대로 돌아가 다음을 기약할 것인가, 아니면 과감히 승부수를 던질 것인가. 잠깐 사이, 혁수는 결정을 내렸다.

다음은 없었다.

필사적으로 주위를 두리번거리던 혁수의 눈에 서랍장 위에 놓인 빈 꽃병이 들어왔다. 혁수는 절뚝거리며 서랍장 쪽으로 다가가 꽃병을 쥐었다. 손아귀에 힘이 없어 양손으로 들 수밖에 없었다. 그러고는 다시 문으로 갔다. 이 몇 번의 동작을 하는 것만으로도 혁수의 온몸은 땀에 흠뻑 젖었다.

쓰러지지 않으려고, 정신을 잃지 않으려고 피가 나도록 입술을 깨물며 혁수는 벽에 몸을 기댔다. 어둠이 고여 있는 그곳은 문 바로 옆이었고 워낙 컴컴한 탓에 몸을 숨기기에도 알맞은 장소였다.

스윽. 스윽. 스윽.

이어지던 발소리가 딱 멈췄다.

검은 여자가 문 앞에 서 있다!

심장이 터질 것 같았다.

철컹.

자물쇠 열리는 소리가 들린다 싶더니 문손잡이가 스윽 돌아갔다.

'하나, 둘, 셋…….'

혁수는 속으로 숫자를 셌다.

다섯까지 셌을 때 검은 여자가 스윽, 소리를 내며 안으로 들어왔다. 검디검은 머리카락이 보였고 동시에 악취가 날아들었다. 혁수는 망설이지 않았다.

"이얏!"

꽃병으로 여자의 머리를 때렸다. 남아 있던 한 방울의 힘까지 모두 쥐어짜낸 공격이었다. 꽃병은 요란한 소리를 내며 산산조각이 났다. 순간 여자가 휘청했다. 혁수는 그 틈을 놓치지 않고 몸으로 여자를 세게 밀었다. 검은 여자는 문 모서리에 뒤통수를 부딪치며 그대로 주저앉았다.

'됐다!'

혁수는 쓰러진 여자를 넘어 드디어 밖으로 나갔다. 길게 이어진 복도가 모습을 드러냈다. 예상한 대로 병원이 맞았다. 복도 양옆에는 병실이 있었고 문에 번호가 붙어 있었다. 자신이 도망쳐 나온 곳은 414호였다.

'어느 쪽이지?'

혁수가 출구를 찾기 위해 고개를 두리번거렸을 때였다.

끔찍한 통증이 오른쪽 장딴지를 강타했다. 혁수는 외마디 비명을 질렀다.

"악!"

여자가 넘어진 채로 휘두른 도끼가 혁수의 장딴지를 찍고 지나갔다. 혁수는 푹 쓰러지며 나뒹굴었다. 짧은 반바지 아래 드러난 장딴지에 흉측한 상처가 새겨졌다. 쫙 벌어진 피부와 근육 사이로 붉은 피가 울컥울컥 새어 나왔다.

"으아아!"

고통에 못 이겨 몸부림치면서도 혁수는 움직이는 걸 멈추지 않았다. 두 팔과 나머지 성한 다리 하나로 바득바득 땅을 기며 도망쳤다. 여자는 무릎을 짚으며 천천히 일어났다. 흐물흐물 일어서는 모습이 바람 인형에 공기를 주입하는 것처럼 보였다. 여자는 우뚝 서서 혁수를 내려다봤다. 도끼를 든 오른손을 앞뒤로 흔들면서. 그때마다 도끼날에서 피가 뚝뚝 떨어졌다.

"상현 씨. 상현 씨. 어딜 가는 거예요?"

여자가 속삭이듯 혁수를 불렀다. 귀에 끈적끈적 달라붙는 목소리였다.

혁수는 사력을 다해 기었다. 이대로 복도 끝까지 갈수만 있다면…… 계단을 내려갈 수만 있다면…… 하지만 그것이 불가능한 일이라는 사실을 누구보다 혁수 자신이 제일 잘 알았다. 여자는 한 마리 포식자였다. 줄에 걸린 벌레가 지치기를 기다리는 거미 혹은 눈앞의 먹잇감이 벌벌 떠는 걸 보며 즐기는 축축한 뱀. 여자가 마음만 먹는다면 당장에 달려들어 혁수를 조각조각 내는 것은 일도 아니었다. 여자는 그 시간을 일부러 늦추고 있었다. 그 사실이 혁수를 더 절망케 했다.

"상현 씨도 참. 말없이 자꾸 어딜 그렇게 가는 거예요?"

여자가 스윽, 스윽 발을 끌며 다가왔다.

"으으으."

혁수는 신음을 흘리며 기고 또 기었다. 그때 뭔가를 발견했다. 복도의 맨 구석에 무심히 놓인 물건. 혁수는 어둠 속에서도 그 물건이 무엇인지 똑똑히 알아봤다.

소화기.

빨간색 소화기였다.

혁수는 슬쩍 뒤를 돌아봤다. 여자는 천천히 다가오고 있었다. 지금이라면 여자와의 거리보다 소화기까지의 거리가 더 가까웠다. 게다가 여자는 소화기를 발견하지 못한 것 같았다. 스윽. 느리게 한 걸음을 옮길 때마다 까딱, 도끼를 움직이는 일에 심취해 있었다. 혼자만의 의식이라도 치르는 것 같았다.

'작동이 될까?'

혁수는 소화기를 향해 기어가며 상태를 살폈다. 먼지를 잔뜩 뒤집어 쓴 탓에 눈으로는 가늠하기가 어려웠다. 여자보다 먼저 소화기를 잡고선 무작정 발사를 하는 게 최선의 방법이었다.

소화기를 잡는다.

핀을 뽑는다.

여자의 얼굴을 향해 레버를 당긴다.

일련의 동작들을 머릿속으로 그려보며 혁수는 소화기를 향해 손을 뻗었다. 그때였다. 여자의 발소리가 딱 멈췄다. 혁수는 뒤를 돌아봤다. 여자가 혁수와 소화기를 번갈아 바라보고 있었다. 손도끼가 허공에서 날을 번득이며 혁수를 노려봤다.

'들켰다!'

혁수는 성한 왼쪽 다리에 힘을 팍 주고 튕기듯 몸을 날렸다.

"히이이."

동시에 여자가 괴상한 소리를 내며 달려왔다.

"으아악!"

혁수는 비명을 지르며 소화기를 잡았다.

핀을 뽑았다.

재빨리 등을 돌리며 여자를 향해 소화기 노즐을 조준했다.

레버를 당겼다.

아무 일도 일어나지 않았다.

"뭐, 뭐야?"

당황한 혁수가 소화기를 마구 흔드는 사이 여자가 달려들었다. 기다란 머리카락이 마치 살아 있는 것처럼 혁수를 덮쳐왔다. 혁수는 눈을 질끈 감으며 다시 한 번 레버를 당겼다. 그 순간 노즐이 꿈틀댄다 싶더니 소화액이 분수처럼 발사됐다.

"크아아!"

소화액을 그대로 뒤집어 쓴 여자가 얼굴을 감싸 쥐며 비틀거렸다. 어두운 복도를 새하얀 알갱이가 가득 채웠다. 마치 연막탄이라도 터트린 것 같았다.

"죽어!"

혁수는 더 이상 소화액이 나오지 않을 때까지 레버를 당기고 또 당겼다. 그런 뒤 흰색 분말 너머에서 괴로워하고 있을 여자를 향해 소화기를 던져 버렸다.

텅!

빈 소화기가 바닥에 떨어지는 소리를 들으며 혁수는 일어섰다. 양팔로 벽 모서리를 짚고 단단히 버티고 선 혁수는 숨을 참으며 계단을 바라봤다. 마음 같아서는 단숨에 서너 계단씩 달려 내려가고 싶었지만 문제는 상처 입은 다리였다. 정신이 아득할 정도의 통증이 혁수를 물고 늘어졌다.

이대로 지체할 수는 없었다.

곧 검은 여자가 뒤쫓아 올 것이다.

혁수는 난간에 몸을 기댄 채 절뚝거리며 계단을 내려갔다.

금방이라도 여자가 달려들 것만 같아 자꾸 뒤를 돌아봤다. 복도에는 아직 소화 분말이 가득 떠다니고 있었다.

'빨리 나가야 해! 빨리!'

마음은 바빴지만 몸이 따라주지 않았다. 움직일 때마다 다리에서 시작되는 날카로운 통증이 온몸을 훑고 지나갔다. 계단은 끝이 없는 것만 같았다. 많이 내려왔다 싶은데도 아직 3층이었다. 근육을 물에 젖은 솜처럼 만들어 버리는 약기운은 아직 가시지 않았다. 게다가 다리마저 불편하다. 이대로라면 이곳을 빠져나가기도 전에 검은 여자에게 잡힐 게 확실해 보였다.

'숨을 곳을 찾아야 해.'

혁수는 다시 머리를 굴렸다. 1층까지 내려간다는 건 무리였다. 피를 많이 흘렸는지 벌써 기운이 빠지고 있었다. 이 건물이 병원이라면 숨을 공간도 그만큼 많을 것이다. 병실, 주사실, 검사실…… 그런 곳 중 하나에 숨어서 몇 시간을 버틸 수 있다면 분명 경찰이 출동해 줄 것이다. 신문 보급소에 돌아가야 할 시간은 이미 지났다. 소장은 이상을 눈치 챘을 것이다. 오토바이까지 없어졌으므로 당연히 신고를 하리라.

조금만 버틴다면…….

만약 여자가 자신을 잡으러 아예 밖으로 나가기라도 한다면 그건 더할 나위 없이 좋은 소식이다.

그런 생각들을 하자 조금씩 희망이 샘솟았다.

혁수는 터져 나오는 신음을 애써 참으며 3층을 지나 2층 복도로 들어섰다. 그곳 역시 어둡기는 마찬가지였지만 용케 비상구 램프 하나가 꺼지지 않고 불을 밝히고 있었다. 그 푸르스름한 불빛 속에서 부연 먼지가 춤을 추듯 떠돌았다.

숨을 곳을 찾기 위해 혁수가 복도 양옆을 살피고 있을 때 위쪽에서 목소리가 들려왔다.

가늘지만 날카롭고, 그래서 더 귀에 거슬리는 목소리.

"상현 씨. 지금 내가 가요."

검은 여자가 자신을 찾고 있었다.

그 목소리를 듣는 순간 온몸에 소름이 쫙 돋으며 도저히 이성적인 생각을 할 수가 없었다. 그저 숨고 싶은 마음뿐이었다.

혁수는 더 이상 고를 것도 없이 제일 먼저 보이는 방 안으로 들어갔다. 등 뒤로 문을 닫고 나서야 그곳이 엑스레이를 촬영하는 방인 걸 알아챘다. 어둠 속에서 거대한 기계의 윤곽이 보였다. 그 맞은편에는 영상촬영실이 있었다. 그곳에는 숨을 만한 장소가 없었다.

필사적으로 두리번거리던 혁수는 벽 한 구석에 서 있는 옷장을 발견했다. 환자들의 외투를 걸어놓는 용도로 썼던 모양이다. 지금은 텅 비어 있었다. 혁수가 숨기에는 딱 알맞은 크기였다.

하지만…….

여자가 나무로 된 옷장 문을 열기만 한다면 너무 쉽게 노출

된다.

혁수는 옷장 앞에서 잠시 망설였다. 그때였다.

"상현 씨. 내가 간다."

여자의 목소리가 한층 더 가까이서 들렸다. 아마 2층 복도로 들어선 모양이다. 혁수는 떠밀리듯 옷장 안으로 들어갔다. 그러곤 문을 닫았다.

"젠장."

옷장 문은 삭아서 그런지 아귀가 제대로 맞지 않았다. 아무리 닫아도 틈이 생겼다. 혁수는 안쪽에서 문을 꽉 잡았다. 그래도 마음이 놓이지 않았다. 힘은 점점 빠지고 장딴지의 통증은 시간이 갈수록 심해져 이대로 그냥 주저앉고 싶었지만 문을 부여잡은 채 간신히 버텼다.

"정신 차리자. 정신 똑바로 차리자!"

스스로를 향해 주문이라도 외우듯 중얼거리며.

"정신을 차리고……."

정말로 찰나의 순간이었다. 혁수는 정신을 잃었다. 그 순간만큼은 통증마저 느껴지지 않았다. 가늘게, 가늘게 이어져 있던 신경이 툭 끊기며 의식이 밑바닥을 향해 끝도 없이 가라앉았다.

의식을 잃은 상태에서 혁수는 환상을 봤다. 한 남자와 한 여자가 나오는 환상이었다. 남자는 의사 가운을 입었고 여자는 간

호사 복장이었다. 두 사람은 서로를 바라보며 웃었다. 평범한 사이가 아니라는 걸 쉽게 짐작할 수 있었다. 남자의 가운에는 이름표가 붙어 있었다.

한상현.

병원이 문을 닫고 직원들마저 모두 퇴근한 시간, 남자와 여자는 서로를 부둥켜안은 채 엑스레이 촬영실 안까지 들어왔다. 두 사람은 연신 웃었다. 그러고는 꼭 끌어안은 그대로 촬영대 위에 누웠다. 남자와 여자는 서로의 몸을 더듬었다.

키득키득.

누가 먼저랄 것도 없이 쉬지 않고 웃어댔다.

그 모습을 누군가가 훔쳐보고 있었다.

바로 지금, 혁수가 숨어 있는 옷장 안에서.

혁수는 처음에 자신이라고 생각했다. 무의식 속에서도 자신이 저 둘의 모습을 훔쳐보고 있는 거라고.

그게 아니었다.

쌕. 쌕. 쌕.

낯선 숨소리가 들렸다. 고양이가 목을 그르렁거리는 소리 같기도 하고 뱀이 혀를 날름거리며 위협을 가하는 소리 같기도 했다.

'뭐지?'

정신을 잃은 상태에서도 혁수는 그렇게 되물었다. 숨소리 끝에 깊이를 알 수 없는 증오와 분노가 느껴졌다. 그 감정이 너무나 강렬해 이글거리는 아지랑이처럼 피어오를 것만 같았다.

길게 기른, 그리고 검은색으로 칠한 손톱이 옷장 문 안쪽에 깊이 박혔다. 그런 뒤 천천히 내리그었다.

끼이익.

기분 나쁜 소리와 함께 손톱자국이 났다.

그 소리에 반쯤 옷을 벗었던 남자와 여자도 옷장을 쳐다봤다.

혁수는 그제야 깨달았다.

여자가, 검은 여자가 이곳에 숨어 두 사람을 훔쳐보고 있었던 것임을.

한상현이 일어나 셔츠 단추를 채우는 사이 여자가 옷장 쪽으로 다가왔다. 그 순간 옷장 문을 열며 검은 여자가 튀어나갔다. 그러고는 한 손에 든 도끼로 여자의 머리를 내리치며…….

"헉!"

혁수는 신음과 함께 정신을 되찾았다. 동시에 인기척을 느꼈다.

스윽.

검은 여자가 엑스레이 촬영실 안으로 들어오는 소리였다. 혁수는 벌어진 문틈으로 바깥을 살폈다. 지독하게 어두웠지만 어둠보다 더 시커먼 여자의 모습은 똑똑히 보였다. 온몸에서 정체

모를 액체를 뚝뚝 떨어뜨리며 검은 여자가 문 앞에 우뚝 서 있었다. 머리카락 사이로 여자의 붉은 입술이 보였다. 그 입술이 벌어지며 가느다란 목소리가 흘러나왔다.

"상현 씨."

혁수는 자기도 모르게 팔을 쓸어내렸다. 목덜미에 소름이 쫙 돋았다. 마른침을 삼켰다. 여자가 마치 자기 신체의 일부라도 되는 것처럼 앞뒤로 흔들고 있는 손도끼가 어둠 속에서도 유독 도드라져 보였다.

여자는 쌕, 쌕, 쌕 숨을 고르더니 미끄러지는 듯한 그 동작으로 점점 안으로 들어왔다. 여자는 고개를 주억거리며 구석구석을 살폈다. 머리카락에 가려 눈이 보이진 않았지만 분명 찌를 것 같은 시선일 것이다.

혁수는 그 생각과 함께 엉뚱한 공포를 느꼈다.

'내 눈빛이 저 여자에게 보이는 건 아닐까?'

한 번 의식하게 되자 공포는 걷잡을 수 없이 커졌다. 그럴 리가 없다는 걸 알면서도 눈빛이 밖으로 비칠 것만 같았다. 망설이던 혁수는 눈을 감아 버렸다. 대신에 청각에 온 신경을 집중했다.

스윽.

스윽.

여자가 움직일 때마다 눈을 뜨고 싶은 유혹과 참아야 했다.

여자의 기척은 촬영실 쪽으로 이어졌다.

"상현 씨."

숨바꼭질이라도 하듯 태연한 목소리로 여자는 상현을, 아니 혁수를 찾고 있었다. 자신과 마주치는 순간 그 태도가 돌변하리라는 걸 혁수는 너무나 분명히 알고 있었다.

혁수는 눈을 꼭 감은 채로 도무지 믿기지 않는, 그래서 현실이 아니라고 부정하고 싶은 지난 몇 시간을 떠올렸다. 이 모든 불행이 여자를 구타하고 있던 피투성이 남자를 발견하면서 시작되었다. 그 남자 역시 검은 여자에게서 탈출하기 위해 그런 행동을 했던 것이리라. 하지만 옆방 남자의 말에 의하면 그 탈출 역시 실패한 것 같았다. 그렇다면 자신까지 포함해 세 명의 멀쩡한 남자들이 검은 여자에게 잡혀 있다는 말이다.

검은 여자가 아무리 무시무시하다고는 하나 이런 일이 어떻게 가능한지 혁수로서는 도무지 알 수가 없었다.

그때였다.

여자의 기척이 뚝 끊겼다.

아무런 소리도 들리지 않았다.

'간 건가? 나간 건가?'

혁수는 필사적으로 귀를 기울였다. 발을 끄는 스윽 소리도, 쌕쌕 하는 숨소리도 들리지 않았다. 혁수 자신의 심장 뛰는 소리만 들릴 뿐이었다.

'제발. 이대로 나간 거라면…….'

몇 초 사이에 기대감과 불안감이 마구 교차했다. 결국 이긴 것은 기대감이었다. 혁수는 살며시 눈을 떴다.

아무것도 보이지 않았다.

새까만 어둠이 벌어진 문틈을 가득 메우고 있었다.

처음에는 상황을 파악하지 못했다. 어둠이 짙어진 거라고만 생각했다. 그게 아니라는 사실을 눈치 챈 것은 어둠이 뒤룩, 움직였기 때문이다.

"히익!"

혁수는 비명을 삼켰다.

그것은 여자의 눈동자였다. 검은자위가 비정상일 정도로 넓어 숫제 까맣게 보이는 눈깔. 그 눈이 문틈으로 혁수를 똑바로 노려보고 있었다.

"찾았다. 키키키."

검은 여자가 속삭였다.

"으아악!"

혁수는 옷장 문을 힘껏 밀며 밖으로 뛰쳐나갔다. 여자가 뒤로 밀려나면서도 도끼를 휘둘렀다. 도끼날은 혁수의 어깨를 아슬아슬하게 스치고 지나갔다. 혁수는 엑스레이 촬영기를 짚고 간신히 쓰러지지 않았다. 여자의 공격이 계속됐다. 혁수는 몸을 비틀었다.

캉!

빗나간 도끼가 촬영기를 때렸다.

"히이이."

여자가 마구잡이로 도끼를 휘두르며 달려들었다. 틈을 노리고 있던 혁수가 도끼를 든 여자의 오른손을 잡았다.

"끼아아!"

여자가 괴성을 지르며 몸부림쳤다. 무시무시한 힘이었다. 혁수는 두 손으로 여자의 팔을 잡고선 이를 악물고 버텼다.

이 손을 놓으면 죽는다!

그 생각만 머릿속에 맴돌았다. 여자가 혁수를 밀어붙이기 시작했다. 몸을 바들바들 떨며 내리눌렀다. 길고긴 머리카락이 혁수의 얼굴에 닿았다. 축축하게 젖은 머리카락이 얼굴을 스칠 때마다 소름이 돋았다. 말로는 표현할 수 없는 악취가 풍겼다. 그것은 마치 여자가 품고 있는 광기와 악의가 냄새로 변한 것 같았다.

"상현 씨. 왜 이렇게 변했어요? 내 말이라면 고분고분 다 잘 들었잖아요. 네?"

여자가 쌕, 쌕 거칠게 숨을 몰아쉬며 말했다.

"아니야! 난 상현이 아니라고!"

혁수가 외쳤다.

그 순간 여자가 왼손을 뻗어 혁수의 얼굴에 가져다댔다.

“아!”

혁수는 무방비 상태였다.

여자는 옷장에 숨어 문을 긁을 때 그랬던 것처럼 길고 날카로운 손톱을 세운 채 혁수의 뺨을 내리그었다.

“으악!”

살갗이 찢기며 다섯 줄기 상처가 혁수의 뺨을 가로질렀다. 얼굴은 금세 피범벅이 됐다. 혁수는 참지 못하고 얼굴을 감싸쥐며 주저앉았다. 여자는 그 순간을 놓치지 않았다.

“히이이.”

머리를 노리고 도끼를 내리치려는 찰나, 혁수가 그대로 몸을 날려 여자에게 돌진했다.

“헉!”

여자는 바람 빠지는 소리를 내며 바닥에 나뒹굴었다. 혁수는 여자의 몸 위로 올라가 목을 조르기 시작했다.

“죽어! 죽어! 이 괴물아.”

그렇게 외치는 혁수의 눈은 분노로 번들거렸다. 얼굴의 상처에서는 피가 뚝뚝 떨어졌다. 혁수는 여자의 목을 틀어쥔 손에 더 힘을 줬다. 그러면서 외쳤다.

“죽어버려! 난 상현이 아니라고!”

“키키키. 그, 그러니까 진짜 상현 씨 같은걸…….”

여자는 목이 졸리면서도 말을 멈추지 않았다.

"뭐?"

"상현 씨. 더 세게……."

"으아아! 죽어!"

혁수는 정신없이 여자의 목을 졸랐다. 피와 함께 땀까지 떨어졌다. 여자의 숨은 쉽게 끊어지지 않았다. 여자는 손발을 마구 버둥거리며 끝까지 저항했다. 그럴수록 혁수는 온힘을 다해 여자를 내리눌렀다.

이윽고 여자가 움직임을 멈췄다.

"헉헉."

혁수는 숨을 몰아쉬며 여자 위에서 내려왔다. 정신이 아득했다. 아무런 생각도 떠오르지 않았다. 여자를 죽였다는 사실과 이제야 비로소 자유를 얻었다는 사실, 단 두 가지만 생각났다. 그리고 끔찍한 통증.

어쩌면 그 통증 덕분에 완전히 정신을 잃지 않았던 건지도 모른다. 혁수는 비틀거리며 일어났다. 불에 달군 꼬챙이로 다리를 찌른 후 그대로 빙글빙글 돌리는 것 같았다. 차라리 다리를 잘라내면 속이 시원할 것 같았다.

"크으."

혁수는 신음을 흘리며 밖으로 나갔다. 아주 잠깐, 혹시나 하는 마음에 뒤를 돌아봤지만 여자는 꼼짝도 하지 않은 채 널브러져 있었다.

복도를 지나 계단으로 내려가려던 혁수는 우뚝 멈춰 섰다. 그러고는 고개를 들어 위층을 바라봤다.

옆방에 있던 남자가 마음에 걸렸다.

금방이라도 꺼질 것 같던 그 목소리가 귓가에 맴돌았다.

비명을 지르던 또 다른 남자의 상태도 궁금했다.

혁수는 발을 질질 끌며 계단을 올랐다. 한 걸음을 옮기고 숨을 고르고, 또 한 걸음을 옮기고 신음을 토해내기를 반복했다. 한참 후 혁수는 다시 4층에 올랐다. 이 병원은 1층과 2층이 진료실이고 3층과 4층이 입원실인 듯했다. 혁수는 벽을 짚은 채 외쳤다.

"여자는 제가 처리했습니다. 지금 도와드리겠습니다!"

혁수의 목소리가 어두운 복도에 메아리쳤다. 아무런 대답도 돌아오지 않았다. 다만 샤워기에서 물줄기가 쏟아져 나오는 소리만 들릴 뿐이었다. 아까는 너무 정신이 없어 그런 소리가 들린다는 걸 깨닫지도 못했다.

물소리는 복도 가운데 있는 화장실 쪽에서 들렸다. 혁수는 그곳을 향해 천천히 걸어갔다. 화장실과 샤워실이 붙어 있었다.

"거기 누구 있습니까?"

여전히 대답은 없었다.

혁수는 조심스레 화장실 안으로 들어갔다. 샤워실에서 흘러나온 물줄기가 화장실 바닥까지 길게 이어졌다. 붉은 물이었다.

그것이 무엇을 뜻하는지 본능적으로 알아챘지만 혁수는 걸음을 멈출 수 없었다.

샤워실로 들어간 혁수의 눈에 제일 먼저 들어온 것은 핏물한 가운데 덩그러니 놓인 잘린 팔이었다. 그리고 커튼을 친 욕조. 욕조 물이 넘쳐 계속 샤워실 바닥을 적시고 있었다. 붉은 물이었다. 핏물이었다. 혁수는 욕조로 다가가려다가 멈칫 했다. 커튼을 열고 그 안을 들어다 볼 용기가 나지 않았다. 팔이 잘린채 떨어지는 물줄기를 맞으며 욕조 안에 처박혀 있는 이가 누구인지 알 것 같았다.

그 남자.

도망치려다가 실패한 남자.

혁수가 오기 전까지 상현이었던 남자.

혁수는 뒷걸음질 쳤다.

"으으으."

신음과 구역질이 한꺼번에 올라왔다. 혁수는 입을 틀어막았다. 잘린 팔은 이상할 정도로 생동감이 넘쳤다. 마지막 순간까지 무언가를 움켜쥐려 했던 듯 주먹을 꽉 쥐고 있었다. 그 팔이 금방이라도 펄떡이며 자신의 다리를 붙잡고 늘어질 것만 같아 혁수는 서둘러 샤워실을 빠져나왔다.

"하아."

혁수는 상체를 숙이며 참고 있던 숨을 길게 토해냈다. 다시 고개를 들었을 때 403호가 보였다. 자신이 있던 곳이 404호였으니 그 옆방은 403호일 것이다. 혁수는 비틀거리며 403호로 다가갔다. 다행히 문은 잠겨 있지 않았다.

혁수는 입원실 문을 온몸으로 밀며 안으로 들어갔다. 자신이 갇혀 있던 곳과 똑같은 공간, 그리고 똑같은 침대에 한 남자가 이불을 덮고 누워 있었다.

"빨리 나갑시다!"

그렇게 말하며 침대를 향해 다가가던 혁수는 그 자리에서 멈추고 말았다. 침대에 누운 남자는 광대뼈가 훤히 드러날 정도로 마른 상태였다. 눈은 움푹 꺼져 숟가락으로 그 부분만 파낸 것 같았다. 그야말로 뼈 위에 거죽만 붙여 놓은 몰골이었다.

"크크크. 검은 여자를 처리했다고?"

남자가 쉿소리를 냈다.

"제가…… 제가 죽였어요. 그, 그러니까……."

"정말 죽었나?"

"네?"

"죽은 걸 확인했느냐고."

"목을 졸랐고 결국 움직이지 않았어요."

"크크크."

남자는 웃었다. 그 웃음이 무슨 의미인지 혁수는 알 수 없었다.

"같이 나가시죠. 아니, 움직이기 힘들면 제가 나가서 신고를 하겠습니다."

혁수는 남자에게 다가갔다. 그러다가 뭔가가 이상하다는 사실을 눈치 챘다.

"가까이 와 봐. 더 가까이."

주저하던 혁수는 남자에게 다가가 바짝 붙어 섰다. 남자가 고개를 끄덕였다. 더 다가오라는 몸짓이었다. 혁수는 상체를 숙이고 남자의 입에 자신의 귀를 가져다댔다. 남자가 속삭였다.

"그 여자는 절대 안 죽어. 이미 한 번 죽었거든."

그 말을 듣는 것과 동시에 혁수는 남자가 덮고 있는 이불을 걷어냈다.

사지가 잘린, 애벌레 같은 남자의 몸뚱이가 드러났다.

"으아아!"

혁수가 비명을 질렀다.

"으아아! 크크크."

남자가 비명을 따라 하다가 쿡쿡거리며 웃었다.

"다, 당신…… 여자가 이런 거야?"

혁수는 주춤 뒤로 물러났다.

"그럼 누가 이랬을 것 같아?"

"여자가 한 번 죽었다는 건 무슨 말……."

혁수가 거기까지 말한 순간 저 멀리서, 마치 노래라도 부르는 것처럼 그 목소리가 들려왔다.

"상현 씨. 내가 가요."

혁수의 눈이 커졌다.

"상현 씨. 내가 가요."

멀리서 들린다 싶던 목소리는 순식간에 가까워졌다.

"자, 빨리 도망가야지. 상현 씨. 검은 여자가 오고 있으니까. 크크크."

"나는 상현이……."

혁수는 그제야 깨달았다.

"다, 당신이야! 당신이 진짜 한상현이야!"

"크크크."

남자는 웃겨서 못 견디겠다는 듯 몸뚱이를 흔들며 마구 웃어 댔다. 웃다가 기침까지 했다. 혁수의 머릿속에 또 다른 궁금증이 폭풍처럼 몰아쳤다. 이 남자, 한상현은 도대체 언제부터 이런 꼴로 잡혀 있었던 건가? 어떻게 죽지 않고 버텨온 건가? 여자가 한 번 죽었다는 건 무슨 소린가? 무엇보다…….

"저 여자 정체가 뭐야?"

혁수는 남자를 향해 소리쳤다.

"내가 죽였어. 내가 죽였다고! 분명 내가 죽였어! 근데 아니야. 저 여자는 죽지 않아. 인간이 아니거든. 인간이 아니야. 쉿! 검은 여자가 온다! 검은 여자가 온다! 검은 여자가 온다! 검은 여자가 온다!"

남자는 발작을 하듯 마구 떠들어댔다. 눈이 희뜩 뒤집어졌다. 게거품까지 물었다. 혁수는 어찌할 바를 몰라 바라만 봤다.

그때였다.

"상현 씨. 내가 가요."

여자의 목소리가 성큼 가까워졌다. 혁수는 그 목소리에 간신히 정신을 차렸다.

'도망가야 한다!'

꺼억, 꺼억 숨 넘어 가는 소리를 내며 발작을 계속하는 남자를 뒤로 하고 혁수는 복도로 나왔다. 계단을 올라오는 검은 여자가 보였다. 그 검고 치렁치렁한 머리카락이 서서히 모습을 드러냈다.

혁수는 꼼짝도 못하고 그 모습을, 검은 여자가 4층 복도로 올라서는 모습을 바라봤다. 더 이상 손도끼는 들고 있지 않았다. 그럼에도 충분히 위협적이었다. 긴 팔을 축 늘어뜨린 채 혁수를 노려보며 서 있는 것만으로도 온몸이 부들부들 떨리게 만드는 위압감을 뿜어냈다.

여자가 고개를 돌렸다. 마치 자신의 목이 멀쩡하다는 걸 보여주기라도 하듯이.

혁수는 뒤를 돌아봤다.

저 멀리, 복도 끝에 창문이 보였다.

"상현 씨. 내가 가요. 키키키키."

혁수는 다시 고개를 돌려 여자를 바라봤다.

"나, 나는 상현이……."

혁수가 그렇게 중얼거린 순간 검은 여자가 달려왔다.

"히이이!"

혁수는 등을 돌려 달리기 시작했다. 장딴지의 상처가 더욱 벌어지며 근육이 마구 찢겨나갔지만 멈추지 않았다. 통증이 몸을 뒤흔들었지만 멈출 수가 없었다.

멈추면 죽는다!

그 분명한 사실이 혁수를 달리게 했다.

여자가 손을 뻗어 혁수의 어깨를 낚아채려 했다. 혁수는 그 손길을 뿌리치며 달리던 속도 그대로 창문을 향해 몸을 날렸다.

창문이 깨졌다.

혁수는 몸을 잔뜩 웅크린 채 아래로 떨어졌다.

혁수가 마지막으로 본 것은 창가에 서서 자신을 내려다보는 여자의 얼굴이었다. 비정상적으로 큰 여자의 검은 눈에는 아무런 감정도 담겨 있지 않았다.

이윽고 어마어마한 충격이 몸을 뒤흔들었고 혁수는 정신을 잃었다.

"혁수야. 혁수야."

어머니가 흔들어 깨웠다. 혁수는 자꾸만 감기는 눈을 억지로 떴다. 눈꺼풀이 너무 무거웠다. 온몸이 나른했다. 푹 잔 것 같은 데도 더 자고 싶었다.

"아이고. 혁수야. 빨리 일어나 봐. 근데 웬 땀을 이렇게 흘리고 자."

어머니는 흥분한 목소리였다. 잠결에도 그걸 느낄 수가 있었다. 어머니의 목소리를 듣자 정신이 조금 맑아졌다.

"엄마. 나 악몽을 꿨나 봐."

혁수는 나지막이 말했다. 끔찍했던 기억이 생생하게 밀려오며 울컥 두려운 감정이 들었지만 웃고 있는 어머니를 보니 진정이 되었다.

웃고 있는 어머니.

그러고 보니 어머니의 웃는 모습을 본 게 너무나도 오랜만이었다. 혁수는 그제야 완전히 정신을 차렸다.

"엄마. 무슨 일 있어?"

혁수는 그렇게 물으며 엉거주춤 일어났다.

"혁수야……."

어머니는 혁수의 손을 꼭 잡았다. 눈에는 눈물이 그렁그렁했지만 입가에 맺힌 미소는 사라지지 않았다.

"엄마……."

"우리 이제 고생 끝났다."

어머니는 고개를 끄덕이며 말했다.

"그게 무슨 말이야?"

혁수가 알기로 자기 집안에 닥친 고생은 쉽게 끝날 문제가 아니었다. 아버지가 진 빚은 어마어마했으며 지금 이 순간에도 이자는 계속 불어났다. 무엇보다 당사자인 아버지가 도망간 상태라 그 어느 것도 해결할 수가 없었다.

"방금 아버지랑 통화했어."

어머니의 말에 혁수는 깜짝 놀랐다.

"아버지랑? 아버지 지금 어디 계신대? 몸은 괜찮으시고?"

혁수는 아버지가 죽었다고 생각했다. 차마 그 말을 입 밖으로 꺼내지는 못했지만 자존심 강한 양반이 빚을 지고 도망자 생활을 오래 할 수 있으리라 기대하지는 않았다. 어쩌면 그래서 더 원망을 했는지도 모른다. 죽을 거라면 시체라도 찾게 해주지. 그래야 상속포기라도 하는데…….

그런데 아버지가 연락을 해왔다니!

"아버지, 우릴 버린 것도 아니고 다 포기하신 것도 아니더라. 사업이 완전히 망한 것도 아니야. 투자를 받게 되셨대. 빚도 다 갚고 사업도 다시 일으켜 세울 수 있게 됐대!"

어머니는 기쁨을 감추지 못했다.

혁수는 어안이 벙벙했다. 너무나 극적인 소식에 적응할 수가 없었다. 어머니는 끝내 눈물을 흘렸다. 기쁨의 눈물이었다. 어머니의 눈물을 보자 혁수도 서서히 현실감이 들었다.

"너 아까 악몽 꿨다고 했지? 어떤 꿈이었니? 꿈은 반대라잖아. 네가 악몽을 꾼 덕분에 이렇게 좋은 소식을 듣는가 보다."

"정말로 그런가 봐. 하하."

혁수도 웃었다. 그야말로 몇 년 만에 소리 내 웃어 보는 거였다.

악몽.

그 한 단어로 표현하기에는 부족할 정도로 무시무시한 꿈이었다. 혁수는 아직도 그 여자의 모습이 생생했다. 검고 길었던 머리카락하며 머리가 지끈거릴 정도의 악취, 그리고 도무지 인간의 것이라고는 믿을 수 없을 정도로 컸던 눈동자까지. 게다가 장딴지의 그 통증은 또 어떤가.

혁수는 자기도 모르게 오른쪽 장딴지를 만졌다.

다행히 통증은 느껴지지 않았다.

"참! 엄마. 지금 몇 시야? 나 알바 늦은 거 아냐?"

혁수는 그제야 자신이 다음 아르바이트를 가야 한다는 사실을 떠올렸다. 신문배달을 한 후에는 한두 시간 쪽잠을 잔 뒤 바로 주유소에 가서 일을 하는 게 일상이었다.

"얘는. 이제 그런 거 신경 쓸 필요 없잖니. 가지 마. 오늘 아버지 오신다고 하니까 엄마랑 같이 마트에 가자. 가서 반찬거리 좀 사오게."

"그래도……."

"괜찮아. 어서 일어나. 엄마 먼저 준비할게."

어머니는 주체 할 수 없을 정도로 기분이 좋은지 콧노래까지 흥얼거리며 일어났다. 혁수는 그런 어머니를 보며 새삼 안도 했다.

'그래. 가지 말자. 나중에 전화하지 뭐.'

혁수는 마음껏 기지개를 켰다.

"상현아. 빨리 준비해."

기지개를 켜던 자세 그대로 혁수는 얼음처럼 굳었다.

"뭐하니? 어서 가자. 상현아."

어머니가 웃으며 말했다.

"어, 엄마. 뭐라고?"

"상현아. 왜 그래?"

어머니가 천천히 다가왔다.

스윽.

스윽.

발을 끌면서.

"으아악!"

혁수는 비명을 질렀다. 그러면서 눈을 떴다. 어두컴컴한 공간, 곰팡이가 잔뜩 핀 천장에 거미줄이 진을 치고 있었다. 거미 한 마리가 정체모를 벌레의 머리를 막 뜯어먹고 있었다.

"으아악!"

비명이 들렸다. 자신이 내지른 비명이 아니었다. 혁수는 자신 앞에 서 있는 낯선 남자를 그제야 발견했다. 남자는 경악한 표정으로 혁수를 내려다보고 있었다.

"뭐, 뭐야?"

혁수가 남자를 향해 물었다.

"왜 그런 표정으로 날 보는 거냐고?"

남자의 멱살이라도 잡을 생각으로 혁수는 팔을 뻗었다. 아니, 뻗었다고 생각했다. 잡히는 건 아무 것도 없었다. 혁수는 누운 채로 간신히 고개만 들어 자신의 몸뚱이를 봤다. 팔이 없었다. 다리도 없었다. 모두 잘려나갔다. 남은 건 애벌레처럼 꿈틀거리는 몸통뿐이었다.

"다, 당신이야! 당신이 진짜 한상현이야!"

낯선 남자가 그렇게 외쳤다.

"크크크."

혁수는 웃겨서 못 견디겠다는 듯 몸뚱이를 흔들며 마구 웃어댔다. 웃다가 기침까지 했다. 왜 웃는지 자신도 알 수 없었다. 그래서 더 크게 웃었다.

"저 여자 정체가 뭐야?"

남자가 혁수를 향해 소리쳤다.

그 순간 웃음의 빈틈을 타고 공포가 찾아왔다. 그 여자, 자신의 팔다리를 잘라버린 여자, 진짜 상현을 찾기 전까지는 이 짓을 절대 멈추지 않을 여자, 검은 여자에 대한 공포였다.

"내가 죽였어. 내가 죽였다고! 분명 내가 죽였어! 근데 아니야. 저 여자는 죽지 않아. 인간이 아니거든. 인간이 아니야. 쉿! 검은 여자가 온다! 검은 여자가 온다! 검은 여자가 온다! 검은 여자가 온다!"

혁수는 발작을 하듯 마구 떠들어댔다. 눈이 희뜩 뒤집어졌다. 게거품까지 물었다. 혁수의 목소리가 어두운 병실 안에 울려 퍼졌다. 그 소리를 비집고 노래 같은 목소리가 들렸다.

"상현 씨. 내가 가요."

검은 여자가 상현을 찾고 있었다.

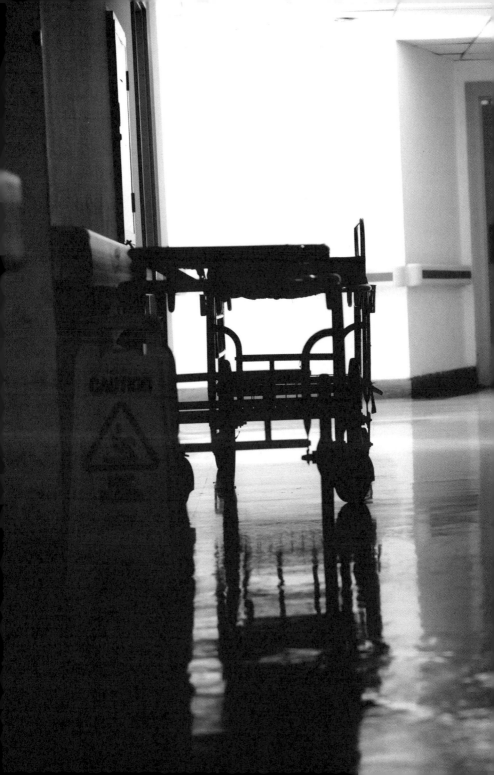

마지막 선물

집으로 들어섰다. 사방이 어두웠다. 거실 창문에 달린 커튼은 고집 센 아이처럼 입을 앙다물고 있었다. 오랫동안 사람의 손길이 닿지 않은 듯 집안 여기저기가 어질러졌다. 바닥에는 아무렇게나 벗어놓은 옷가지가, 싱크대에는 설거지거리가 가득했다. 식탁 위에 나란히 줄을 선 소주병이 냉장고가 내뿜는 노란 불빛을 받아 반짝였다.

"여보."

나지막이 아내를 불렀다. 두터운 어둠에 막힌 듯 목소리가 흩어졌다. 창문이라도 열린 걸까, 차가운 바람이 어둠을 스치고 지나갔다.

"여보."

다시 한 번 아내를 불렀다. 이번에는 혼잣말이었다.

그때였다. 뻐꾸기가 울기 시작했다.

뻐꾹. 뻐꾹.

경쾌한 울음이 집 안에 울려 퍼졌다. 일 년 전, 아내와 함께 부산으로 여행을 갔다가 사온 뻐꾸기시계…….

"난 집에 뻐꾸기시계를 걸어놓는 게 꿈이었어."

고가구점 한 구석에 먼지를 뒤집어 쓴 채 놓여 있던 뻐꾸기 시계를 보며 아내는 밝게 웃었다. 한글로 '앤띠크'라 적힌 간판이 붙은 그곳은 말이 좋아 고가구점이지 고물상이나 다름없었다. 수염을 기르고 회색 빵모자를 눌러 쓴 주인 할아버지는 시계와 아내, 그리고 나를 번갈아 바라보며 히죽 웃었다.

"딱 보니까 신혼인 것 같은데, 맞십니꺼?"

"네."

우리는 누가 먼저랄 것도 없이 그렇다고 대답했다.

"그라믄 신랑 되시는 분이 고마 선물해 주면 되겠구만. 신혼 집에 뻐꾸기 한 마리쯤은 있어야 안 되겠심니꺼. 선물해서 좋고, 매일매일 뻐꾸기 소리 들어서 좋고, 마누라가 좋아해서 좋고, 내는 팔아서 좋고."

할아버지의 넉살에 아내와 나는 웃음을 터트렸다. 짭조름한 바다 냄새가 바람에 실려 코끝을 맴돌았다. 아쉬움을 뒤로하고 돌아섰던 다대포의 푸른 파도가 포말을 일으키며 금방이라도 발목을 핥을 것만 같았다.

나는 만 원짜리 두 장을 건네고 시계를 받았다.

"잘 했심니더. 인자 마, 뻐꾸기가 울 때마다 좋은 일만 있을 깁니더."

할아버지의 배웅을 뒤로하고 우리는 부산역으로 향했다.

"결혼 일주년 선물이야."

까만색 비닐봉투에 든 뻐꾸기시계를 앞뒤로 흔들며 내가 말했다.

"결혼하고 받는 첫 번째 선물이네."

아내는 웃었다. 그 미소가, 그날 한반도 전체를 달궜던 한 여름의 태양보다 훨씬 눈부셔서 나는 또 얼마나 신나게 마주 웃었던가.

뻐꾸기가 마지막 울음을 남기고 집안으로 들어갔다. 나는 과거의 상념에서 빠져나왔다. 벌써 열 시. 시간이 얼마 없었다.

거실을 가로질러 안방 앞으로 갔다. 그 안에서 아내의 흐느낌이 들려왔다. 금방이라도 꺼질 듯 헐거운 울음이었다. 문틈으로 농도 짙은 어둠이 꾸역꾸역 밀려나왔다. 아내는 평소에도 어둠을 두려워했다. 그런 그녀가 불도 켜지 않은 채 방 안에 틀어박혀 울고 있는 것이다. 이 먹먹하고 진득한 어둠 속에서…….

"여보."

나는, 아내를 불렀다.

지금까지 살아오면서 딱 한 번, 완벽한 어둠을 경험했다.

그야말로 한 치 앞도 보이지 않는 어둠, 시커먼 덩어리들이 땀구멍 사이사이마다 들어차서 숨통을 죄어오는 어둠이었다. 수천 마리의 바퀴벌레들이 스멀스멀 기어와 내 몸을 감싸는 것처럼 어둠이 살아서 꿈틀거린다는 사실을 알게 된 것도 그 경험을 통해서였다.

그 경험은 초등학교 5학년 무렵, 미친 듯이 불어닥친 그 해의 마지막 태풍처럼 갑작스럽게 찾아왔다.

그날은 여느 때와 다름없었다. 엄마의 채근에 간신히 눈을 떴고, 툴툴거리며 고양이 세수를 했으며, 준비물을 챙기느라 부산을 떨어야 했다. "아들! 그러게, 자기 전에 챙겨놓으라고 했지?"라는 엄마의 잔소리까지도 심상한 일상 그 자체였다. 조금 다른 게 있었다면 아침상에 앉은 아빠가 내내 한숨을 쉬었다는 정도였다. "이놈아. 늦게 일어나면 어떻게 해?"라고 말하며 내 머리카락을 마구 헝클어트리지도 않았다.

그렇다. 고작 그 정도였다.

다른 날과 달랐던 것은 기껏해야 손가락 한 마디 정도, 몽당연필 한 자루 정도, 엄마가 짜준 신발주머니에서 풀려나온 털실 한 올 정도였다. 지금에 와서 생각해 봐도 그것은 '아무것도 아닌 일'이었다.

하늘이 거뭇거뭇해지기 시작한 것은 2교시부터였다. 창가에
앉은 누군가가 조그맣게 탄성을 질렀고, 졸음에 취해 끄덕거리
던 우리들은 그 소리를 따라 일제히 창밖을 바라봤다. 교과서를
줄줄 읽어 내려가던 선생님도 마찬가지였다.

창밖에는 엄청난 일이 벌어지고 있었다. 우리 학교 운동장
바로 위에서 여러 뭉치의 구름들이 소용돌이치며 합쳐지더니
점점 크게 부풀었다. 검은색이라는 점이 다를 뿐 솜사탕이 만들
어지는 모양과 비슷했다. 구름은 두께와 크기를 더하면서 서서
히 하늘을 뒤덮었다. 동시에 온 세상이 회색빛으로 변했다.

"엄청나구먼!"

흘러내린 안경을 치켜 올리며 선생님이 중얼거렸다.

우리들은 홀린 것처럼 한 마디 말도 없이 그 광경을 바라봤
다. 열어놓은 창문으로 습기 가득한 바람이 불어왔다. 바람 속
에 물비린내가 가득했다.

"태풍이 온다더니……."

선생님이 다시 한 번 중얼거리며 창가로 다가갔다.

"맞아. 나도 뉴스에서 들었어. 오늘 태풍이 지나간대."

누군가가 나지막하게 속삭였다. 태풍이라니. 나는 금시초문
이었다.

"우산 안 가져 왔는데 어쩌지?"

또 다른 누군가가 이야기했다. 그러자 여기저기서 "나도" "나도" 하는 소리가 들렸다.

그때였다. 하늘이 번쩍하고 빛난 건. 교실은 삽시간에 조용해졌다. 갑자기 볼륨을 낮춰버린 텔레비전 같았다. 어항에서 나는 공기방울 소리만이 교실 전체를 맴돌았다. 그리고 다음 순간, 하늘이 으르렁거린다 싶더니 곧 엄청나게 큰 천둥소리가 들렸다. 여학생들은 비명을 질렀다. 남학생 몇몇도 잔뜩 겁을 집어먹고는 귀를 막고 있었다. 나는 천둥과 함께 내리기 시작한 비를 보면서 어떻게 집에 갈까를 고민했다. 우산도 없고, 비옷도 없이.

엄마가 왔으면 좋겠다고 생각했던 바로 그 순간을, 나는 아직도 생생히 기억한다.

4교시가 채 되기도 전에 교장 선생님이 스피커를 통해 임시휴교를 알렸다. 친구들은 환호성을 질렀으나 나는 내심 불만이었다. 점심시간 후 5교시에는 일주일 전부터 기대했던 '바늘구멍 사진기'를 만드는 실습이 있었다. 실망을 감추며 다른 애들을 따라 가방을 챙기다가 준비물이 없는 걸 깨달았다. 검은색 마분지 넉 장. 달팽이처럼 여전히 책상 위에 말려 있을 그것들의 모습이 떠올랐다. '다행이다.' 속으로 그렇게 생각했다.

엄마는 오지 않았다.

선생님은 분명 모든 집에 전화를 해서 임시 휴교를 알렸다고 말했는데도 우산을 든 친구들이 집으로 사라지고, 우산을 들지 않은 친구들이 데리러 온 엄마의 손을 잡고 학교를 떠날 때까지, 엄마는 오지 않았다. 나는 학교 현관 처마 밑에서 한참을 서 있었다. 운동장의 플라타너스들이 바람을 맞아 휘청거렸다. 학교 앞 문방구 간판이 날아가 버렸다. 하늘은 먹빛으로 물들어가고 있었다.

아무리 기다려도 엄마가 오지 않으리란 사실을 깨달은 건 번개가 학교와 가까운 곳 어딘가에 떨어진 직후였다. 깜박거리며 형광등이 켜질 때처럼, 그 짧은 순간 세상은 환해졌고 텅 빈 학교에 나만 남았다는 사실이 분명하게 느껴졌다.

나는 책가방을 머리에 이고 집을 향해 달리기 시작했다. 여름이었지만, 소매 밑으로 드러난 팔에 오슬오슬 소름이 돋았다.

길에는 지나다니는 사람이 아무도 없었다. 태풍은 점점 더 심해졌다. 바람이 슝슝 소리를 내며 불었다. 쏟아지는 비 때문에 눈을 뜨기도 힘들었다. 나는 물에 젖은 생쥐 꼴이 되어 개천을 지나 집으로 향하는 골목으로 접어들었다.

아니, 골목으로 접어들었다고 생각했다. 고개를 들었을 때, 그곳은 전혀 다른 장소였다. 등하굣길에 늘 오가던 그 골목이 아니었다. '할매네 구멍가게'도, 훈이 집 평상도, 연탄 집도 보이지 않았다. 대신 잡초가 우거진 벌판과 그 둘레로 쭉 늘어선 낡은 집들이 있을 뿐이었다. 집들은 죄다 모양이 비슷비슷했는데 담벼락부터 창문까지 전부 검은색이었다.

어리둥절해서 한참을 바라보다가 뒷걸음질 쳤다. 왠지 모르게 불안했다. 쉴 새 없이 으르렁거리는 하늘과 눈도 뜨기 힘들 정도로 쏟아 붓는 빗줄기 때문만은 아니었다. 무언가 으스스하고 섬뜩한 느낌. 한밤중에 화장실에 갈 때면 어둠 속 어딘가에서 빨간 눈이 나를 노려보고 있을지도 몰라 잔뜩 숨을 참게 될 때의 느낌과 비슷했다.

나는 허둥지둥 뒤로 걷다가 어딘가에 걸려 넘어지고 말았다. 땅바닥에 뾰족한 돌이라도 있었는지 엉덩이가 못 견디게 아팠다. 생일에 엄마가 사준 하늘색 반바지는 흙탕물에 젖어 검게 변하고 말았다.

"자, 엄마 선물. 우리 아들 빨리빨리 크라고 한 치수 크게 사 왔는데 괜찮지?"

엄마가 바지를 입혀주며 했던 말이 생각났다. 울컥 설움이 밀려왔다. 엄마는 왜 나를 데리러 오지 않는지, 끝내 참고 참았던 눈물이 쏟아졌다. 뜨거운 눈물을 흘리며 그렇게 한참을 훌쩍이고 있을 때였다.

등 뒤에서 목소리가 들려왔다.

"아가야 이리 온."

뒤를 돌아보니 검은 셔츠에 검은 치마를 입은 여자가 서 있었다. 우산도 쓰지 않은 채 그대로 비를 맞는 여자는 긴 생머리를 허리까지 늘어트리고 나를 향해 한 손을 까딱거렸다. 착 달라붙은 머리카락 때문에 여자의 표정을 읽을 수가 없었다. 대신에 새빨간 입술만은 똑똑히 보였다. 그 입술을 열었다가 닫으며여자가 다시 나를 불렀다.

"아가야 이리 온."

나는 발딱 일어났다. 온몸이 떨릴 정도로 한기가 몰려온 것은 비를 맞았기 때문만은 아니었다. 머리카락 사이로 간간이드러난 여자의 창백한 살결이, 뼈대가 밖으로 튀어나올 것만같은 여자의 기다란 손가락이, 그리고 세찬 빗소리에도 어김없이 귀를 파고드는 여자의 목소리가 본능적인 두려움을 불러왔다.

가까이 가면 안 된다!

이번에는 반대 방향으로 뒷걸음질 쳤다. 꺼림칙해서 발을 내디딜 수 없던 낯선 벌판 안으로 천천히 움직였다.

"아가야 이리 온."

여자가 다시 손을 까딱거렸다. 손목을 아래로 꺾고, 느리고부드럽게.

비는 더 세차게 내렸다. 배앓이라도 하는지 하늘은 끊임없이 굉장한 소리를 뿜어냈다. 바람이 여자의 옷깃을 뒤집었다. 그리고 나는 봤다. 길게 늘어진 검은 치마 아래의 텅 빈 공간을.

여자는 발이 없었다.

"으아아아."

나는 비명을 지르며 뛰었다. 학교에서 떠드는 각종 귀신 이야기가 떠올랐다. 아이 입을 찢는다는 빨간 마스크부터 홍콩 할매 귀신까지. 귀신은 발이 없다던 시골 외할머니의 이야기가 머릿속을 맴돌았다.

정신없이 달리다가 넘어지기를 몇 번, 그때마다 여자는 내 뒤에 바싹 붙어 걸어오고 있었다.

"아가야 이리 온."

"아가야 이리 온."

여자가 나를 부르는 소리가 더 빨라졌다.

달릴수록 힘이 빠졌다. 벌판은 끝도 없이 이어졌고, 아무리 달려도 익숙한 풍경은 나오지 않았다. 물에 젖은 몸은 돌덩이처럼 무거웠다. 필통이 열려 버렸는지 가방에서는 덜그럭덜그럭 요란한 소리가 났다. 무서워서 죽을 것만 같았다.

"엄마!"

목이 터져라 엄마를 불러 봐도 돌아오는 건 차갑고 섬뜩한 여자 목소리뿐이었다.

"아가야, 내가 잡는다."

나는 벌판을 벗어나 옆쪽으로 늘어선 집들을 향해 뛰기 시작했다. 골인 지점이 없는 벌판을 계속 달리다가는 여자에게 따라 잡히고 말 거라는 생각 때문이었다. 운동회 때도 달리기만 하면 창피를 당하곤 했다. 6명이 뛰면 간신히 5등을 할 정도였다. 꼴찌로 달리던 친구의 숨소리가 뒤에서 들릴 때마다 얼마나 사력을 다해서 뛰었던지.

집들은 모두 대문이 굳게 닫힌 상태였다. 위쪽으로 비죽이 가시가 솟은 철제 대문마저도 죄다 검은색이었다. 얼마쯤 더 뛰었을까, 옆구리가 결리고 다리가 아파 이제는 더 이상 못 달리겠다고 반쯤 포기할 무렵 대문이 살짝 열린 집을 발견했다. 나는 미끄러지듯 그 안으로 들어가 대문을 닫았다. 꽤 큰 소리가 났지만 집안 어디에서도 사람의 기척은 들리지 않았다.

'천둥 번개 때문에 못 들었을 거야.'

그렇게 생각하며 도움을 구할 요량으로 마루로 뛰어올랐다. 시골에서나 볼 수 있는 기역자 형태의 옛날 집이었다. 겉에서 봤던 것처럼 담벼락과 지붕이 모두 검은색이었다. 심지어는 마루와 각 방의 방문마저 검은색이었다. 그 방문에 발린 창호지도 검다는 사실을 깨달았을 땐, 쫓아오는 여자가 바로 이 집 주인이 아닐까 생각될 정도로 겁에 질렸다.

"저, 저기요······."

모기소리처럼 작게 이 집에 있어야 할 누군가를 불렀다. 쫓아오는 여자 때문에라도, 그리고 추위와 공포에 덜덜 떨리는 입 때문에라도 더 큰 소리를 내기는 어려웠다.

"아저씨. 아줌마……."

대답은 천둥소리가 대신했다.

우르르 쾅!

하늘이 무너지고, 내 마음도 무너졌다. 잠시 후 먹빛 가득한 하늘에 갈지자로 뻗어가는 섬광이 나타났다 사라졌다. 내리누르듯 어둡기만 하던 주위가 순간적으로 밝아졌고, 나는 대문 위로 나부끼는 새까만 머리카락을 발견했다.

여자가 문 앞에 서 있었다.

오줌을 쌌던 것으로 기억한다. 여자의 젖은 머리카락이 바람에 날려 대문 위로 넘실거리는 모습을 본 순간 사타구니 쪽에 뜨끈한 기운이 퍼졌다. 빗물인지 오줌인지 모를 액체가 바짓가랑이를 타고 마루로 흘러내렸다. 서둘러 오른편에 있는 방문을 열었다. 도망갈 곳은 없었다. 그저 숨어야겠다는 생각뿐이었다. 문고리를 잡아당기는 '끼릭끼릭' 하는 소리가 방 안으로 들어서는 내 뒤꿈치를 깨물었다.

방 안은 어두웠다.

한 치 앞도 보이지 않는 어둠 속을 엉금엉금 기어갔다.

어떻게 된 것일까, 이렇게 어둡다니. 가슴이 튀어나올 듯 뛰는데도 그런 호기심이 일었다. 방에 불을 켜지 않았다고 해도 바로 눈앞에 가져다 댄 자기 손도 보이지 않는다는 것은 무언가 이상하다고, 어린 나이에도 어렴풋이 의구심이 들었다. 그 생각들은 방 안 어딘가에 머리를 부딪치고 나서야 멈췄다. 더듬어보니 벽이었다. 책가방을 풀어 앞으로 감싸 안은 뒤 벽에 기댔다. 무릎을 당겨 최대한 다리를 모았다. 그렇게 하지 않으면 어둠 속 어딘가에서 팔다리가 잘려나가도 모르지 않을까 하는 이상한 불안감이 들었다.

방 안을 가득 메운 어둠은 검은색 포스터칼라처럼 진득했다. 보이는 건 하나도 없었지만 검고 두터운 어둠이 살아 있는 것처럼 꿈틀댄다는 느낌이 들었다.

주위는 너무나도 조용했다. 빗소리나 천둥소리가 하나도 들리지 않았다. 대신 어딘가에서 물방울 떨어지는 소리만이 점점이 들렸다.

톡.

톡.

규칙적인 그 소리에 귀를 기울였다. 그렇게라도 하지 않으면 날카로워진 신경이 머리를 뚫고 밖으로 튀어나올 것 같았다. 울음을 터트리며 마구 소리를 지르고 싶다는 생각과 숨도 쉬지 말고 꾹 눌러 참아야 된다는 본능이 아슬아슬하게 싸움을 벌였다.

톡.

톡. 톡.

톡. 톡. 톡.

물방울 떨어지는 소리가 점점 가까워졌다. 다음 순간, 굵은 물방울 하나가 얼굴 위로 떨어졌다 싶더니 까슬까슬한 무언가가 콧등을 스치고 지나갔다. 그게 머리카락의 감촉이라는 걸 깨닫기까지는 일 초면 충분했다.

"아가야, 찾았다."

머리 위 어둠 속에서 여자의 목소리가 들려왔다. 너무 놀라 숨도 쉴 수 없었다. 필시 여자의 몸에서 떨어졌을 물방울이 양말을 적셨다. 내 양말도 이미 젖은 상태였지만 여자의 몸을 훑고 온 물방울은 소름끼칠 정도로 차가웠다. 이미 하나도 보이지 않았지만 그래도 눈을 질끈 감았다. 어둠이 발가락을 지나 무릎을 거쳐 온몸으로 스멀스멀 기어 올라왔다. 위쪽에서는 여자가 내뿜는 차디찬 입김이 서리처럼 내려앉았다.

'엄마.'

몸이 오그라드는 걸 느끼며 마음속으로 엄마를 불렀다.

'엄마!'

갑자기 무언가가 변했다. 보지 않고도 느낄 수 있었다.

어느 해 겨울 독감에 걸려 고생하다가 엄마의 밤샘 간호를 받고 나았던 적이 있었다. 열에 들뜬 내 이마에 엄마는 수시로 물 적신 수건을 올려주었다. 열이 내린 건 새벽 무렵이었다. 나는 머리를 옥죄던 두통의 무게가 줄어든 걸 느끼며 살며시 눈을 떴다. 새들이 지저귀는 소리가 창문을 타고 들어왔다. 동이 트기 시작한 바깥은 온통 푸른빛이었다. 엄마는 지친 얼굴로 내 옆에 잠들어 있었다. 새우처럼 구부린 엄마의 등을 보자 왠지 모르게 따뜻해졌다. 괜스레 눈물이 날 것도 같았는데 그때의 나는 그 눈물의 정체가 무엇인지 모를 나이였다.

열이 내리고 몸살이 물러가던 그때처럼 나를 괴롭히던 무언가가 서서히 멀어진다는 느낌이 들었다. 살며시 눈을 떴다.

가느다란 빛 한 줄기가 나비처럼 춤을 추고 있었다. 어디서 들어온 걸까? 어른거리는 빛을 따라 눈을 더 크게 떴다. 빛줄기는 점점 더 굵고 밝아지더니 서서히 기둥으로 변했다. 어둠이 소리도 없이 바스러졌다. 어느새 두려움은 사라졌다. 착각이었을까, 방 안 어디에도 여자는 없었다. 대신에 눈부신 빛이 방 안을 가득 채웠다. 그리고 그 빛 한가운데서 귀에 익은 목소리가 들렸다.

"아들. 왜 이러고 있어?"

엄마였다.

"엄마? 엄마."

나는 와락 울음을 터트렸다. 몸을 일으켜 엄마 품에 안기고 싶어도 다리가 말을 듣지 않았다. 본드로 붙인 것처럼 바닥에 딱 달라붙었다.

"자. 집에 가자, 우리 아들."

빛 속에서 엄마의 하얀 손이 뻗어 나왔다. 나는 엄마의 손을 힘껏 잡았다.

"아들. 울면 안 돼. 열심히 살아야지."

엄마의 말이 아련하다고 느끼면서, 나는 정신을 잃었다.

다시 깨어 난 건 삼 일이 지난 후, 병원 침대 위에서였다. 초췌한 얼굴의 아빠와 눈물로 범벅이 된 할아버지, 그리고 연신 "아이고, 부처님. 아이고, 부처님"을 되뇌던 할머니의 얼굴이 아직도 생생하다.

멍한 표정으로 병실을 둘러보던 내게 아빠는 믿을 수 없는 이야기를 해 주셨다.

삼 일 전, 태풍이 몰아쳤던 그날에 나는 집으로 돌아가다가 개천에 빠졌다. 평소에는 기껏해야 발목을 적시는 정도였지만 그날은 갑자기 내린 폭우로 물이 불어났다. 내가 물에 빠지는 모습을 목격한 사람도 있었다. 할매네 슈퍼의 주인 할머니. 친구들 사이에서 꼬부랑 마귀로 통하는 그 할머니가 책가방을 둘러맨 내가 개천에 빠져 하류로 떠내려가는 걸 보고는 경찰에 신고를 했다. 수색이 펼쳐졌지만 아무도 나를 찾지 못했다. 그렇게 하루가 지나고 대부분의 사람들이 체념했을 때, 우리 동네에서 꽤 떨어진 공장 지대의 개천가에 쓰러져 있는 내가 발견되었다. 그리고 이틀이 지난 것이다.

"그동안 넌 꼬박 정신을 잃고 있었어."

아빠가 눈물을 글썽이며 말했다.

나는 무슨 대답을 해야 할지 몰라 눈만 멀뚱히 뜨고 있었다. 개천이라니? 내가 물에 빠졌다고? 그나저나 엄마는 어디 있지?

"아이고. 어쨌든 이렇게 살아 돌아온 게 다 부처님 뜻이야. 아직 중학생도 안 된 놈이 시커먼 개천에 빠졌다가 살아나온 게 기적이라고 형사님들도 그렇게 말했잖니."

할머니가 내 손을 꼭 잡으며 말했다.

"아닌데……. 난 엄마가 구해줬는데. 그런데 엄마는 어디 갔어?"

나는 고개를 갸웃거리며 말했다. 그 순간, 아빠는 물론이고 할아버지와 할머니의 표정까지 굳어졌다. 무슨 잘못이라도 했는가 싶어 괜스레 움츠러들었다.

"무슨 소리니? 응? 자세히 이야기해 볼래?"

아빠가 눈을 동그랗게 뜨고 물었다. 아빠의 그런 표정은 본 적이 없었기에 나는 조심조심 그날의 이야기를 했다.

이상한 벌판, 나를 쫓아오던 여자, 어두운 방, 그리고 엄마.

내가 이야기를 마치자 모두 울기 시작했다. 할머니는 "아이고. 아이고" 하면서 자리에 주저앉았다. 아빠는 고개를 푹 숙였다. 아빠의 얼굴에서 그날 쏟아졌던 비처럼 쉴 새 없이 눈물이 흘러내렸다. 내가 누운 침대의 시트를 움켜쥔 아빠의 손이 새하얗게 보였다. 어리둥절해 있던 나도 덩달아 슬퍼지기 시작했다. 막상 울음이 터지자 걷잡을 수 없었다.

"아빠. 왜, 왜 우는 거야?"

한참을 더 울던 아빠는 나를 끌어안으며 이렇게 속삭였다.

"괜찮아. 괜찮아. 엄마는…… 엄마는…… 우리들 마음속에 살아있지 않니?"

엄마가 죽었다는 사실을 받아들이기까지는 조금 더 많은 시간이 지나야 했다. 엄마가 사고로 죽은 후 몇 달이 지나서까지 내가 엄마가 살아 있는 것처럼 행동했었다는 사실은, 먼 훗날에야 알게 되었다.

그렇다면 그날의 일은 그저 꿈이었을까? 물에 빠졌던 내가 의식을 잃고 떠내려가던 동안 꾼 한낱 악몽에 지나지 않았을까?

'그래. 꿈이다.'

나는 그렇게 생각했다. 엄마의 부재를 받아들이게 되면서 그날의 일은 꿈이었다고, 나의 망상에 지나지 않았다고 스스로를 타일렀다. 그렇게 하지 않으면 엄마의 목소리를 들었을 때 느꼈던 그 따뜻함, 엄마의 손을 잡았을 때 느꼈던 그 편안함이 내내 생각날 것만 같아 두려웠다. 다시는 엄마를 보지 못한다는 사실이, 두려웠다.

세월이 지났다. 그동안 나는 대학을 졸업하고 결혼을 해서 어엿한 가장이 되었다. 나를 닮은 아들과 아내를 닮은 딸까지, 나는 더할 나위 없이 행복했다. 그러다가도 엄마의 기일이 되면 어렸을 때의 그 일이 문득 떠오르곤 했다. 언젠가 한 번은 아내 옆에 누워 그 이야기를 들려 준 적도 있다. "참 이상한 꿈이지?"라고 덧붙이면서.

그렇게 나는, 꿈이라고 믿고 살았다.

하지만 이제는 아니다. 나는 지금 이 순간, 그날의 일이 꿈이 아니라 실제로 있었던 일임을 확실히 알게 되었다.

모든 죽은 자들은 사랑하지만 지상에 남겨둘 수밖에 없는 사람을 위해 딱 한 번 그들을 도울 수 있다. 그게 죽음의 법도다. 죽은 자가 사랑하는 사람에게 전하는 마지막 선물. 나는 열두 살 여름에 엄마에게서 그 선물을 받았다.

그리고 지금, 나는 내 몫의 선물을 전하기 위해 우리 집 안방 앞에 섰다.

116

방 너머에는 지독한 어둠에 싸인 아내의 영혼이 떨고 있을 것이다. 그 옛날의 내가 그랬던 것처럼, 사랑하는 이의 죽음을 받아들이지 못한 아내의 몸은 수면제를 먹고 차갑게 식어가는 중이다. 내가 죽은 이후 슬픔에 젖어 하루를 보내는 아내를 볼 때마다 가슴이 아렸다.

　나는 살그머니 문을 열었다. 어둠이 갈라졌다. 구석에 앉아 훌쩍이는 아내가 보였다. 여전히 아름다운 얼굴. 아내를 향해 손을 내밀었다. 그리고 천천히 입을 열었다.

　"여보. 왜 이러고 있어? 열심히 살아야지."

　어느새 자정이었다. 미향은 살짝 하품을 했다. 오늘따라 몸
이 처지고 피곤했다. 앞으로 일곱 시간은 더 있어야 교대를 한
다. 제발 손님이 얼마 없기를 바라며 미향은 슬쩍 밖을 바라봤
다. 편의점 바로 앞 파라솔 아래 한 남자가 고개를 묻고 잠들어
있었다. 테이블에는 소주병 두 개가 굴러다녔다. 남자는 미향이
교대하기 전부터 저 꼴이었다. 원래라면 전 타임 알바인 형식이
깨워야 하지만 바쁘다는 핑계를 대며 그냥 가버렸다. 미향 역시
깨울 마음은 없었다. 그랬다가 남자가 주정이라도 하면 곤란한
건 미향이었다.

　미향은 계산대 뒤편 의자에 앉아 벽에 달린 TV를 향해 멍하

니 시선을 던졌다. TV라도 없었다면 편의점 야간 알바 시간이 몇 배는 더 지루했으리라. 비록 뉴스 채널에 고정이 돼 있긴 해도 없는 것보다 백 배는 나았다. 자꾸 보다 보니 뉴스가 드라마나 예능에 비해 훨씬 더 흥미진진하다는 사실도 깨달았다. 뭐, 정치 이야기를 할 땐 조금 지겹긴 하지만.

"다음은 요즘 국민들을 불안에 떨게 하는 살인사건 소식입니다."

미향은 본능적으로 볼륨을 높였다. 기다리던 뉴스였다.

"야간에, 그것도 여성 아르바이트생만을 노린 살인사건이죠, 일명 편의점 연쇄살인사건의 새로운 피해자가 나왔습니다. 오늘 새벽 ○○구 △△동의 한 편의점에서 24세 김 모 씨가 처참하게 살해된 채로 발견되었습니다. 지난 세 건의 사건과 동일한 수법이었습니다. 용의자는 편의점 밖에서 서성이며 피해자가 혼자 남기만을 기다립니다. 그러고는 모자로 얼굴을 가린 채 편의점에 들어와 무방비 상태의 여성 아르바이트생을 지니고 있던 칼, 이른바 잭나이프라 부르는 작은 칼로 무참하게 찌릅니다."

앵커의 설명과 함께 흐릿한 영상의 흑백 CCTV 화면이 재생됐다. 직접 흉기로 찌르는 장면은 모자이크 처리가 되었지만 그래도 충분히 섬뜩했다. 모자를 쓴 남자는 아르바이트생을 두어 번 찌른 뒤 아예 계산대를 타고 넘어가 쓰러진 여자를 향해 몇 번이나 더 칼질을 했다. 미향은 소름이 돋아 팔을 쓸어내렸다.

"보시는 바와 같이 용의자는 아주 대담하게 범행을 저지르고 편의점을 나섭니다. 경찰은 모자로 얼굴을 가린 이 신원미상의 용의자를 찾는 데 전력을 다하고 있습니다. 한편 야간에 아르바이트를 하는 여성들은 특별히 주의를 기울일 것을 당부했는데요, 현실적으로 이 사건을 막을 수는 없는지 배순민 기자와 함께 알아보겠습니다."

뻔한 대책이 이어졌다. 경찰이 순찰을 자주 돌아야 한다는 둥, 야간 편의점 아르바이트의 여성 비율을 줄여야 한다는 둥…….

누군 뭐 하고 싶어서 이 밤에 알바를 뛰는 줄 아나?

미향은 뉴스에 흥미를 잃고 핸드폰을 들었다. 야간 편의점 아르바이트를 하는 이유는 순전히 돈 때문이었다. 물품 정리에다가 가끔은 취객들까지 상대해야 하니 그만큼 힘든 것도 사실이었지만 주간에 비해 월등히 높은 시급은 그 모든 걸 감내하게 만들었다. 방학 두 달 동안 열심히 야간 알바를 뛰고 나면 다음 학기 생활비 정도는 모을 수 있었다. 학비는 장학금으로, 생활비는 아르바이트 해서 모은 돈으로 근근이 버티는 미향 같은 가난한 대학생에겐 편의점 야간 알바만큼 매력적인 일거리도 없었다.

핸드폰으로 확인을 하니 편의점 연쇄살인이 실검 1위에 올라 있었다. 미향은 불안했다. 살인마가 불안한 게 아니라 점장이 이번 사건을 보고 자신을 자르면 어쩌나 하는 불안이었다. 살인마도 무섭지만 그것보다 더 무서운 게 돈이었다. 다음 달월세며 카드값, 그리고 핸드폰 요금 같은 것들. 언제나 자신 앞에 닥친 현실이 더 무서운 법이라고 생각하며 미향은 다시 바깥으로 고개를 돌렸다.

테이블에 엎드린 남자는 마치 자기 집 안방인 것처럼 본격적으로 퍼질러 자는 중이었다. 기껏 편의점 테이블에서 술을 마시고 뻗어버린 저 남자의 신세도 꽤 처량해 보였다. 가족은 없는 걸까? 저대로 계속 둬도 괜찮은 걸까? 7월이긴 하지만 새벽 공기는 제법 찰 텐데…….

미향은 거기까지 생각하다가 피식 웃고 말았다.

"에고. 조미향. 네가 남 걱정 할 때냐?"

혼자서 중얼거린 후 힘껏 기지개를 켰다. 다행히 오늘은 손님이 별로 없을 것 같았다. 이럴 때는 토익 책을 꺼내놓고 틈틈이 공부하는 게 제일이었다. 대학교 2학년이지만 토익 점수는 벌써부터 챙겨야 했다. 특히 어학연수 같은 건 꿈도 못 꾸는 미향으로서는 토익이 무엇보다 중요했다.

미향이 가방에서 책을 막 꺼냈을 때였다.

딸랑.

경쾌한 종소리와 함께 편의점 문이 열렸다. 사람보다 먼저

지독한 술 냄새가 풍겨왔다. 그 냄새를 따라 척 보기에도 술에 잔뜩 취한 남자가 비척거리며 편의점 안으로 들어왔다.

"어서 오세요. 편의점입니다."

미향은 기계적인 인사를 던진 후 고개를 숙였다. 경험상 저렇게 취한 사람과는 최대한 눈을 마주치지 않는 게 상책이었다.

남자는 비틀거리면서도 용케 쓰러지지 않고 냉장고 앞까지 갔다. 바지주머니에 양손을 찔러 넣고 한참을 냉장고와 눈씨름을 하던 남자가 버럭 소리를 질렀다.

"핫식스 어디 갔어?"

"핫식스 거기 중간에 있습니다."

미향은 냉장고 가운데 포진한 에너지드링크들을 가리켰다. 거기엔 분명 파란색 캔의 핫식스가 진열돼 있었다. 심지어 두 캔을 사면 하나를 더 주는 이벤트도 하고 있었다.

"이거 말고 자몽 맛 말이야!"

"죄송한데 자몽 맛은 없습니다."

미향은 괜히 주눅이 들어 조용히 말했다. 남자는 말투도 그렇고 행동도 그렇고 무척 거칠었다. 한 사십대쯤 됐을까? 제법 덩치가 컸고 땀에 젖은 셔츠가 등에 달라붙어 그 안에 있는 현란한 문신이 고스란히 드러났다.

"젠장. 자몽 맛이 없으면 어쩐 거야?"

남자는 툴툴거리면서도 냉장고를 열어 일반 핫식스를 꺼냈다. 그러고는 냉장고 문을 세게 닫았다. 쾅, 하는 소리에 미향의 심장도 동시에 덜컹 내려앉았다. 하룻밤에도 몇 번씩 취객을 상대하지만 덩치 큰 남자의 경우에는 매번 불안하고 무서웠다.

"씹할. 마음에 드는 게 하나도 없네."

남자는 혼잣말처럼 욕을 하면서 계산대로 다가왔다. 미향은 그제야 남자의 셔츠 앞쪽에 점점이 튀어 있는 빨간색 얼룩을 발견했다. 그것이 무엇인지 알아채는 데는 그리 오랜 시간이 걸리지 않았다.

피였다.

적갈색으로 변한 피 얼룩이 훈장처럼 매달려 있었다.

남자의 얼굴이 멀쩡한 걸로 봐서 누군가 다른 사람의 피인 게 확실했다. 미향은 마른침을 삼키며 눈을 내리깔았다.

턱!

남자가 거의 던지듯 핫식스 캔을 올려놓았다. 그러면서 자신의 핸드폰과 지갑도 내려놓았다. 처음엔 무슨 일인지 몰라 그냥 계산을 하려던 미향은 이내 깜짝 놀랐다. 남자가 주머니에서 담배를 꺼내 든 것이다.

"저…… 손님. 여긴 금연입니다."

미향은 기어들어가는 목소리로 말했다.

"뭐?"

남자가 눈썹을 꿈틀하며 되물었다. 담배를 쥔 손이 입 근처에 딱 머물러 있었다. 미향은 그 손을 슬쩍 살폈다. 있었다. 거기에도 피가 말라붙어 있었다. 남자가 지금 막 누군가를 두들겨 패고 왔다는 걸 어렵지 않게 상상할 수 있었다.

저 주먹이 나를 향한다면…….

생각만 해도 끔찍했다. 미향은 떨지 않으려고 이를 악물었다.

"씹할. 내가 담배 좀 피우겠다는데 그게 안 돼?"

남자는 완전히 혀가 꼬부라져 발음이 뭉개졌다.

"아시겠지만 실내는 모두 금연 구역이라서. 저기 밖에 나가면 피우실 수 있습니다."

미향은 파라솔 테이블 쪽을 가리켰다. 남자가 우묵한 눈으로 바깥을 바라보다가 한 번 비틀거렸다.

"젠장. 그럼 그거나 계산해줘."

남자는 턱짓으로 핫식스를 가리켰다.

"네. 1200원입니다."

미향은 얼른 바코드를 찍고 손을 내밀었다. 남자가 더듬더듬 지갑을 뒤져선 카드를 꺼내 툭 던졌다. 그러곤 꺼억 트림을 했다. 지독한 냄새가 풍겼지만 미향은 애써 표정을 관리했다.

"계산 끝났습니다."

서둘러 카드를 뽑아서 남자에게 건넨 후 동시에 핫식스도 챙겨서 내밀었다. 남자는 그걸 보고도 또 한참을 멀뚱히 서 있었다. 붉게 충혈 된 눈에는 초점이 없었다. 어딜 보고 있는지 알

수가 없어 더 기분이 나빴다.

제발 빨리 좀 꺼져!

미향의 속마음을 듣기라도 했는지 남자가 카드와 핫식스를 받아들었다.

"씹할. 오늘 다들 걸리기만 해 봐. 다 죽었어."

남자는 또 한 번 툴툴거린 후 문을 열고 나갔다. 자신이 담배를 피우려 했다는 사실도 잊은 채 핫식스를 한 손에 덜렁덜렁 들고 비틀거리며 멀어져갔다.

"휴."

미향은 한숨을 쉬었다. 제일 힘든 게 취객 상대였다. 편의점 알바를 하면서 별의별 사람들을 다 만나봤다. 껌 한 통을 사면서 깎아달라는 사람, 처음부터 반말을 찍찍 내뱉는 사람, 콘돔을 들고 와서 노골적으로 자신을 바라보며 계산하는 사람, 그리고 물건을 훔치는 사람까지. 세상에 이토록 다양한 쓰레기가 존재한다는 사실에 한 번 놀라고, 그런 쓰레기들이 멀쩡한 몰골로 돌아다닌다는 사실에 두 번 놀랐다.

"어휴. 술 냄새."

미향은 계산대 아래에서 방향제를 꺼내 마구 뿌렸다. 그때 낯선 물건이 눈에 들어왔다.

"어?"

최신형의 새까만 핸드폰이었다. 떡하니 계산대 위에 놓인 핸드폰을 보자 방금 전 편의점을 나간 남자 얼굴이 떠올랐다. 지갑과 함께 핸드폰을 올려놓고선 깜박하고 그냥 가버린 모양이었다. 미향은 고개를 길게 빼고 바깥을 살폈다. 남자는 이미 사라지고 없었다.

뭐, 나중에 찾으러 오겠지.

아니면 어디 다른 데서 잃어버린 줄 알고 새 걸 장만하거나.

이런 일은 아침에 교대하러 오는 점장에게 넘기면 그만이었다. 미향은 일단 핸드폰을 챙겨서 계산대 아래 넣어두었다. 그러고는 다시 토익 책을 펼쳤다. 2시만 넘어가면 손님이 뜸해진다. 안 그래도 밤에는 유동 인구가 적은 한적한 동네다. 어쩌면 밤새 손님이 들락거리는 시내 편의점이었다면 미향도 일할 엄두를 못 냈을지 모른다.

2시가 되기까지는 이제 한 시간 정도 남았다.

핸드폰 진동 소리에 미향은 퍼뜩 고개를 들었다. 먼저 자기 핸드폰을 확인했지만 걸려온 전화는 없었다.

뭐지?

순간 섬뜩함을 느꼈다가 이내 그 남자가 두고 간 핸드폰을 떠올렸다. 미향은 계산대 밑에서 남자의 핸드폰을 꺼냈다. 핸드폰은 마구 진동하고 있었다.

받을까 말까 망설이던 미향은 '통화'를 눌렀다. 핸드폰의 주인일지도 모르는 일이었다.

"여보세요?"

"씹할. 너 누구야? 누군데 내 폰을 가지고 있는 거야?"

아니나 다를까, 전화를 받자마자 욕이 날아들었다. 목소리나 혀 꼬부라진 발음으로 보나 그 남자가 확실했다.

"여기 편의점인데요, 그쪽이 핸드폰을 놓고 가셨잖아요."

확실히 통화를 하니 직접 보는 것보다는 무섭지 않았다. 덕분에 미향은 최대한 차갑게 말할 수 있었다.

"아······."

남자는 대답을 하는 대신 기억을 더듬는 듯 그런 소리만 냈다.

"제가 보관하고 있으니까 찾으러 오세요."

"어, 어디 편의점?"

남자는 기억을 잘 못하는 것 같았다. 남자의 어눈한 목소리를 들으며 미향은 속으로 피식 웃었다.

"자몽 맛 핫식스 없는 편의점이요."

미향이 그렇게 말하자 그제야 남자가 "아!" 하고 반응을 보였다.

"찾으러 갈 테니까 조금만 기다려요."

졸지에 말투까지 고분고분해졌다. 술이 조금은 깬 것 같았다. 술만 먹으면 개새끼가 되는 인간과 원래 개새끼인데 술을 먹어 미친개가 되는 인간, 세상에는 두 부류의 취객들이 있는데 적어도 남자는 전자는 되는 모양이었다.

"네. 빨리 오세요."

미향은 전화를 끊으며 시계를 쳐다봤다. 어느새 2시가 조금 넘어 있었다. 그 사이 손님이라고는 컵라면과 김밥을 사러 온 남자 한 명과 과자를 잔뜩 담아간 여자 한 명, 그리고 맥주를 사 간 노인이 전부였다. 평일임을 감안하고라도 오늘은 무난했다. 뭐, 점장 입장에서는 매출액을 보고 애가 타겠지만.

2시가 넘었으니 이제 남은 건 졸음과의 싸움뿐이었다. 몇 달째 야간 알바를 하지만 졸린 건 어쩔 수가 없었다. 미향은 TV 볼륨을 조금 더 높인 후 의자에 깊이 몸을 파묻었다. 살짝 출출했다. 이번 장까지만 풀고 폐기해야 할 샌드위치를 먹어야겠다고 생각했다.

그때였다.

딸랑!

또 다시 종소리가 들려 미향은 고개를 들었다. 모자를 쓴 키 큰 남자가 편의점 안으로 들어왔다.

"어서 오세요. 편의점입니다."

남자는 편의점 안을 한 번 스윽 둘러봤다. 그러다가 미향과 눈이 마주쳤다. 남자는 눈동자가 흔들리고 있었다. 이 남자 역시 술을 마신 듯 목덜미와 뺨이 벌겠는데 그것과는 별개로 갈 곳 잃은 눈이 미향의 신경을 긁었다. 행동도 어딘가 모르게 어눌렀다. 구부정한 어깨하며 연신 고개를 주억거리는 모습이 아주 산만하게 보였다.

남자는 컵라면을 진열해 놓은 곳 앞에 서서도 자꾸 미향의 눈치를 봤다.

뭘 훔치려는 건가?

그런 생각이 머릿속을 스치고 지나갔지만 가방도 없이 덜렁 반팔 티셔츠 한 장만 입고 와서 뭔가를 훔칠 바보는 없어 보였다. 미향은 애써 신경을 끄고 무심한 표정을 지으며 TV를 바라봤다. 이번에는 경제 쪽 뉴스가 흘러나왔다. 미향이 관심을 가지기에는 정치와 더불어 아직은 어려운 주제였다.

"어어!"

남자의 다급한 목소리가 들려온 건 미향이 다시 자리에 앉으려던 순간이었다. 미향은 재빨리 고개를 돌렸다. 그러곤 역시 남자와 똑같은 소리를 냈다.

"어어!"

라면을 고르던 남자가 무심결에 건드리기라도 한 건지 높게 쌓아뒀던 프링글스 탑이 무너지려 하고 있었다. 프로모션 기간이라 며칠 전에 알바들이 총출동해 유럽의 탑처럼 쌓아놓은 프링글스들이었다.

"안 돼!"

미향은 그렇게 외치며 계산대 밖으로 뛰어나갔다.

남자는 쓰러지는 탑을 잡아보려고 허둥댔다. 그게 결정타였다. 기우뚱하던 탑을 건드리자 속절없이 무너져 내렸다. 와르르 소리와 함께 바닥으로 떨어진 프링글스를 보며 미향은 망연자실 서 있을 수밖에 없었다.

짜증이 치밀었다.

"아…… 좆같네."

남자는 발 앞으로 굴러온 프링글스 통 하나를 툭 차며 그렇게 중얼거렸다.

"두세요. 제가 정리할게요."

미향은 굳은 표정으로 남자를 밀치며 나뒹굴고 있는 프링글스들 앞으로 갔다. 역시 남자에게서는 술 냄새가 났다. 미향이 쪼그리고 앉아 프링글스를 집어 들고 있을 때 남자가 또 한 번 중얼거렸다. 이번에는 분명히 미향을 향한 말이었다.

"사고 좀 쳤다고, 개, 개무시하네."

"네?"

미향이 고개를 돌려 올려다보자 남자는 번들거리는 눈빛으로 미향의 온몸을 훑었다. 끊임없이 고개를 주억거리면서.

"이 따위 과자가 손님보다 더 중요하냐고?"

남자의 목소리가 슬슬 높아졌다.

안 좋은 예감을 느낀 미향은 슬그머니 일어났다. 남자의 눈빛은 정상이 아니었다. 단순히 술에 취한 것 때문만은 아닌 것 같았다. 계속해서 아랫입술을 잘근잘근 씹는 모습도 이상했다. 미향은 두 부류의 인간에 대해 떠올렸다. 원래 개새끼인데 술을 먹어 미친개가 되는 인간. 이 남자는 아무래도 후자 쪽인 것 같았다.

"왜, 왜 대답이 없어? 지금 나, 나 무시하는 거야?"

흥분한 듯 남자가 말을 더듬기 시작했다. 목소리에서는 명백한 적의가 느껴졌다. 미향은 남자의 커다란 키에 가로막혀 계산대 쪽으로 갈 수가 없었다. 일단은 남자를 진정시킬 필요가 있었다.

"저…… 손님. 기분 나쁘셨다면 죄송합니다. 여긴 제가 치울 테니 손님께선 쇼핑을 마저 하시라고 말씀드렸던 겁니다."

미향은 최대한 공손하게 말했다. 더 이상 이 미친개를 자극하지 않길 바라면서.

"내, 내가 일부러 그, 그랬다고 생각하지?"

남자가 미향을 향해 위협적으로 한 발 다가왔다. 미향은 움찔했다. 뒤쪽은 진열대라 더 이상 물러날 곳도 없었다. 남자는 미향을 쏘아봤다. 술 냄새와 시큼한 땀 냄새가 뒤섞여 고약한 악취를 뿜어내고 있었다.

"아닙니다. 저는 그저……."

빡!

남자가 프링글스 통을 힘껏 밟았다. 원통형의 그것이 우그러지며 과자가 튀어나왔다. 미향은 슬슬 겁이 났다.

이건 그냥 미친개가 아니라 완전 사이코잖아!

"야! 너……."

남자가 거기까지 말하고 살짝 비틀거렸다. 미향은 그 틈을 놓치지 않고 남자의 겨드랑이 밑으로 쏙 빠져나가 계산대로 향했다.

그때였다.

"아!"

남자가 머리카락을 잡아당기는 바람에 미향의 고개가 뒤로 젖혀졌다.

"이년이 어딜 가려고?"

남자는 그대로 미향을 내동댕이쳤다. 미향은 바닥에 엉덩방아를 찧은 채로 간신히 정신을 부여잡았다. 거칠고 괴팍한 손님을 수도 없이 겪었지만 물리적인 폭력에 노출된 건 이번이 처음이었다. 머릿속이 하얘졌다. 어떻게 대처해야 좋을지 판단이 서지 않았다.

편의점 안전 수칙 매뉴얼에선 분명…….

"내가 우스워 보여? 알바 주제에 내가 우습게 보이냐고?"

남자가 소리를 질렀다.

미친 게 분명했다.

이놈은 그냥 미친 개새끼였다!

134

미향은 재빨리 기어서 계산대 안으로 쏙 들어갔다. 그런 미향을 걷어차려던 남자가 헛발질을 했다.

"이, 이게 끝까지 날……."

남자가 계산대 쪽으로 다가왔다. 화가 났기 때문인지 아니면 술기운이 확 올라와서인지 남자의 목덜미가 새빨갰다. 이리저리 데굴데굴 구르는 남자의 눈동자에 분노의 기운이 가득했다.

쾅!

남자가 계산대를 주먹으로 내리쳤다.

"악!"

놀란 미향은 비명을 지르며 주저앉았다.

"왜, 왜 이러세요?"

"나를 무시하는 것들은 다 죽어야 해!"

남자는 두 팔로 짚고 계산대를 넘어오려고 했다.

"경찰에 신고할 거예요! 오지 마세요!"

미향은 그렇게 외치며 계산대 아래쪽 서랍을 재빨리 뒤졌다. 그게 어디 갔지?

이윽고 미향의 손에 둥글고 길쭉한 스프레이가 닿았다. 만약의 사태를 대비해 점장이 구비해 놓은 후추 스프레이였다. 전기 충격기와 스프레이 둘 중에 하나를 고르라는 말에 미향은 고민 끝에 스프레이를 선택했다. 전기 충격기는 다루기가 무서웠다. 하지만 지금은 자기가 든 게 전기 충격기였으면 했다. 저 미친

놈을 지져 버리고 싶었다.

"시, 신고? 해 봐! 해 보라고!"

남자가 미향을 붙잡기 위해 팔을 마구 휘둘렀다. 그 순간 미향이 남자의 얼굴을 향해 후추 스프레이를 뿌렸다.

치이익.

마치 에프킬라가 발사되는 것 같은 소리가 난다 싶더니 미향에게도 매캐한 기운이 날아들었다. 그걸 정면으로 맞은 남자는 순간 얼굴을 잔뜩 찡그린다 싶더니 이내 비명을 터트렸다.

"으악!"

남자는 고통을 참기 힘든 듯 얼굴을 감싸 쥐고 비틀거렸다.

"내 얼굴…… 내 얼굴!"

후추 스프레이는 생각보다 효과가 괜찮았다. 미향은 핸드폰을 들고 112를 누르려고 했다.

그때였다.

"크아아!"

남자가 시뻘겋게 변한 두 눈을 번득이며 미향에게 달려들었다. 그러고는 팔을 휘둘러 미향의 손을 쳤다. 핸드폰이 날아가 저만치 바닥에 떨어졌다. 미향은 반사적으로 다시 한 번 후추 스프레이를 들었다. 남자가 움찔하며 뒤로 물러났다. 눈에서는 눈물을, 코에서는 콧물을, 입에서는 침을 줄줄 흘리고 있었다.

"너, 너 내가 죽여 버릴 거야! 죽여 버릴 거라고! 여, 여기 가만히 있어! 칼 가지고 와서 모가지를 그어버릴 테니까!"

남자는 뒷걸음질 치며 연신 미향을 노려봤다. 미향은 후추 스프레이를 들고 남자가 도망가기까지 긴장의 끈을 놓지 않았다. 남자는 문을 열자마자 어두운 거리로 달려 나갔다. 얼핏 괴성을 지른 것 같기도 했다.

"아!"

다리에 힘이 풀려 주저앉으려던 미향은 바닥에 내동댕이쳐진 핸드폰부터 주웠다. 액정에 큼지막한 금이 갔고 아예 켜지지도 않았다.

"개새끼. 아직 바꾼 지 얼마 되지도 않았는데."

울음이 터질 것 같은 걸 간신히 참으며 매장용 전화기를 들었다. 부서진 핸드폰보다 중요한 게 자기 목숨이었다. 남자는 분명 다시 찾아올 것 같았다. 그것도 진짜 칼을 들고서. 미향은 덜덜 떨리는 손으로 간신히 112를 눌렀다.

"어허. 아가씨가 많이 놀랐겠네. 좀 괜찮은가?"

출동한 경찰관 중 머리가 벗어진 남자 쪽이 미향을 보며 말했다. 말투가 너무 느긋해 형식적인 질문으로밖에 느껴지지 않았다.

"주위에 수상한 사람은 없네요."

그나마 젊은 쪽 경찰은 바깥까지 나가서 둘러보고 와주었다.

경찰관들은 미향의 신고를 받고 금세 도착했다. 문제는 그다지 심각하게 여기지 않는다는 데 있었다. 미향이 있었던 일을 자세히 이야기했지만 썩 귀담아 듣는 것 같지도 않았다.

"그 남자, 분명 다시 올 거라고 했어요."

미향은 답답했다. 경찰이 오면 단번에 해결될 줄 알았는데 그게 아니었다. 그래서 앵무새처럼 그 말만 되풀이할 수밖에 없었다.

"진짜로 다시 온다고 했다니까요."

"술에 취했다고 했죠?"

머리가 벗어진 경찰관이 물었다.

"네?"

"그 남자 말이에요. 술에 취했다고."

"네. 술 냄새가 많이 났어요."

"그럼 술김에 그런 거니까 너무 신경 쓰지 말아요."

"아니, 제 머리카락을 잡고 이렇게 내동댕이쳤다니까요. 핸드폰도 부수고, 또 칼을 들고 죽일 거라고……."

"실제로 칼을 들고 있진 않았죠?"

미향은 뭐라 할 말이 없었다.

"그럼 그냥 허풍 떤 걸 거니까 신경 안 써도 된다는 말이에요."

경찰은 너무나도 남의 일처럼 이야기했다. 따지고 보면 남의 일이 맞긴 했지만 그래도 경찰이라면 뭔가 해결책을 제시해줘야 하는 게 아닌가. 미향은 따져 묻고 싶었지만 너무 유난을 떠는 것 같아 참았다. 평소에도 싫은 소리 잘 못하고 할 말이 있어도 꾹꾹 눌러 삼키는 미향이었다.

"그, 그럼 전 어떻게 해요?"

고작 그렇게 물었을 뿐이었다.

"저희들이 계속 여길 지키고 있을 순 없다는 거 아시죠?"

"그거야 아는데……."

"오늘만 벌써 몇 번째 출동한 건지 몰라요."

"그 남자가 진짜로 오면 어떻게 해요? 게다가 가게도 이렇게 어질러 놓은 거고 또 폭행도 한 거니까 잡아넣어야 하는 거 아닌가요?"

"무슨 수로?"

"네?"

"무슨 수로 잡아넣느냐고요?"

"여기 CCTV 있어요. 그걸 보고……."

"허."

머리 벗어진 경찰관은 어이가 없다는 듯 그런 소리를 내며 동료를 바라봤다. 젊은 경찰도 쓴웃음 비슷한 걸 지었다.

뭐지? 내가 뭐 잘못 말했나?

"이것 봐요. 영화나 드라마 보면 CCTV 하나로 막 범인 잡고 하는데 그거 다 뻥이에요, 뻥. 화질도 안 좋은 CCTV 화면 가지고 어떻게 사람을 잡아요? 그 인간이 어디 있는 줄 알고.”

“하지만…….”

“자!”

경찰관이 정리를 하자는 듯 양손을 비비며 다시 입을 열었다.

“제 생각에는 그 남자 집에 돌아가서 퍼질러 자고 있을 것 같지만 하도 불안해하셔서 한마디 하자면, 만약 다시 찾아오면 그때 신고하세요. 그러면 현장에서 바로 체포도 가능하거든요.”

이 무슨 개똥같은 소리란 말인가!

미향은 너무 황당하고 당황해서 할 말을 잃었다. 다시 찾아온다면 진짜로 칼을 들고 있을 게 뻔한데 그제야 신고를 하라고?

미향의 생각이 표정에 드러났는지 젊은 경찰관이 나섰다.

“혹시 모르니까 편의점 주변을 자주 순찰할게요. 그리고 별일 없을 겁니다.”

“네…….”

미향은 힘없이 대답했다.

두 경찰관은 고개를 끄덕하더니 별다른 인사도 없이 편의점을 나갔다. 미향은 그런 두 사람의 뒷모습을 말없이 바라봤다. 머리 벗어진 경찰관이 파라솔 테이블에 얼굴을 묻고 잠들어 있는 남자를 힐끔 보더니 깨우기 시작했다.

“아저씨. 일어나 집에 가세요. 아무리 여름이라도 이렇게 자면 입 돌아가.”

몇 번 흔들어 깨우다가 반응이 없자 경찰관은 금세 포기해 버렸다. 그러고는 순찰차에 올라 경광등을 번쩍이며 멀어졌다.

"하아."

미향은 한숨을 내쉬었다. 다시 오지 않을 거라는 경찰의 장담을 믿고 싶었지만 그렇다고 해서 불안감이 사라진 건 아니었다. 꼭 이번 연쇄살인이 아니더라도 편의점에서 사건이 일어난 게 한두 번이 아니지 않는가. 미향 자신이 본 뉴스만 해도 십여 개가 넘을 지경이었다.

점장한테 말하고 가게를 닫아 버릴까?

그 생각도 했지만 짠돌이 점장이 허락해주지 않을 것 같았다. 이러지도 못하고 저러지도 못하는 상황에 놓인 미향은 아랫입술을 깨물었다. 이제는 무섭다기보다는 화가 났다.

그 새끼 면상에 스프레이 한 통을 다 뿌려 버릴걸.

당장에 핸드폰을 바꿔야 하는데 그 돈은 또 어디서 구할지 앞이 막막했다.

"하아."

미향은 다시 한 번 한숨을 쉬고는 바닥에 떨어진 프링글스를 치우기 위해 다가갔다. 탑처럼 쌓는 건 포기하고 대충이라도 모아놓을 생각이었다. 그래야 점장도 알아주겠지. 내가 오늘밤 얼마나 고생을 했는지.

쭈그리고 앉아 프링글스를 치우는 건 힘든 일이었다. 허리가 아팠다. 미향은 삼십 분 넘게 정리를 했다. 마지막 프링글스 한 통을 구석에 세워놓고 일어나자 허리에서 소리가 났다. 미향은 뻐근한 허리를 돌리며 어둠이 짙게 내려앉은 바깥을 살폈다. 이제는 지나다니는 사람도 보이지 않았다. 그만큼 밤이 깊어진 것이다. 뉴스는 어느새 연예계 소식을 쏟아내고 있었다. 미향은 계산대로 가 의자에 털썩 주저앉았다.

힘이 빠졌다. 너무 긴장을 했던 탓인지 상황이 정리되자 피로와 함께 졸음이 몰려왔다. 평소라면 연예계 소식은 재미있게 들을 텐데 지금은 그럴 마음도 없었다. 미향은 슬쩍 눈을 감았다. 눈꺼풀이 무거웠다. 빨리 집으로 돌아가서 눕고 싶은 마음뿐이었다. 좁디좁은 원룸이긴 해도 집이 최고였다.

얼마나 졸았을까, 미향은 이상한 느낌을 받으며 퍼뜩 일어났다.

누군가가 자신을 지켜보고 있는 것 같은 느낌이었다.

재빨리 편의점 안을 둘러봤지만 아무도 없었다.

다행이다.

가슴을 쓸어내리려는 찰나, 무심코 밖을 바라보던 미향의 눈이 커졌다.

그 남자, 모자를 눌러쓴 그 남자가 길을 건너 편의점을 향해 달려오고 있었다.

"헉!"

숨을 몰아쉰 미향은 재빨리 계산대를 돌아나가 문으로 향했다. 남자가 들어오면 모든 게 끝이었다. 남자는 생각보다 빨랐다. 벌써 몇 미터 앞이었다. 미향은 문을 잠그려고 했다. 걸쇠가 잘 돌아가지 않았다. 손이 너무 떨렸다.

남자가 문을 밀었다.

"꺄악!"

미향은 온몸으로 버티며 다시 걸쇠를 돌렸다. 남자가 또 한 번 몸으로 문을 민 바로 그 순간 철컥, 소리와 함께 걸쇠가 걸렸다.

"됐다!"

미향은 자기도 모르게 그렇게 말했다.

깡!

남자가 무언가로 문을 내리쳤다.

부엌칼이었다.

미향은 너무 놀라서 심장이 멎을 것만 같았다. 진짜로 돌아왔다. 그것도 칼을 들고서. 저 남자는 진심이었다. 진심으로 자신을 죽이려 한다.

깡!

깡!

깡!

남자가 그 작은 눈을 희번덕이며 몇 번이나 문을 내리쳤다.

문에 바짝 붙어 서서 미향을 노려보는 그 모습이 그야말로 한 마리 미친 야수 같았다.

미향은 천천히 뒷걸음질을 쳐서 계산대로 갔다. 눈을 돌리면 남자가 안으로 들어올 것만 같았다.

신고를 해야 해!

미향은 손을 뒤로 뻗어 계산대 위에 놓아둔 매장용 전화기를 찾았다. 아무리 더듬어도 손에 잡히지 않았다. 할 수 없이 등을 돌렸다. 전화기는 어찌된 영문인지 의자 위에 놓여 있었다. 미향이 상체를 잔뜩 숙여 전화기를 집어 들었을 때 남자는 사라지고 없었다.

"어디로 갔지?"

방금 전까지 문에 붙어 자신을 노려보던 남자가 사라지자 오히려 더 불안했다. 이대로 포기한 것 같지는 않았다. 한 가지 다행인 점이라면 이 문 말고는 들어올 곳이 없다는 사실이었다.

정말로 그냥 도망간 건가?

그랬으면 좋겠다는 생각을 하면서도 미향은 전화기에서 112를 눌렀다. 지금이야말로 경찰들이 출동해줘야 하는 순간이었다.

미향이 통화 버튼을 누르려는 바로 그때 팟, 소리와 함께 불이 꺼졌다.

정전이었다. 바깥 가로등 불빛이 슬금슬금 기어들어올 뿐 편의점은 완벽한 어둠에 휩싸였다. 미향은 영문을 몰라 가만히 서 있었다. 정전을 경험한 건 처음이었다. 제일 먼저 든 생각은 냉장고는 어쩌나 하는 것이었다. 365일 꺼지지 않는 냉장고 역시 컴컴하게 변했다. 편의점 안에서 빛을 내는 물건은 아무것도 없었다.

"아!"

퍼뜩 정신을 차린 미향은 전화기를 바라봤다. 매장용 무선 전화기 역시 액정의 불이 나간 상태였다.

설마…….

미향은 통화 버튼을 눌렀다. 아무런 신호도 가지 않았다. 미향은 정전이 되면 전화도 할 수 없다는 사실을 처음 알았다. 이럴 때 핸드폰이 멀쩡했다면 걱정할 필요도 없는 건데……. 미향이 미련을 버리지 못하고 전화기의 버튼을 이것저것 누르고 있을 때 다시 그 소리가 들렸다.

캉!

미향은 흠칫 놀라며 문을 바라봤다.

모자 쓴 남자가 문 앞에 서 있었다.

남자는 씨익 웃었다.

그 순간 소름 끼치는 깨달음이 미향의 머릿속을 스치고 지나갔다.

남자다!

저 남자가 전기를 끊은 것이다.

어떻게 한 건진 정확히 모르겠지만 남자 때문에 정전이 됐다는 건 확실한 것 같았다. 그걸 하려고 잠시 사라졌던 것이다. 그제야 미향의 몸이 떨려왔다. 술에 취하긴 했지만, 행동이 약간 어수룩하긴 했지만 남자는 바보도 아니고 멍청이도 아니었다. 적어도 어떻게 하면 미향을 괴롭힐 수 있는지는 알고 있었다.

캉!

남자가 칼로 다시 문을 두드렸다.

캉!

캉!

캉!

"그만해!"

미향은 귀를 막으며 소리쳤다. 미칠 것 같았다. 감당할 수 없는 공포가 미향의 몸과 마음을 흔들었다.

미향의 그런 반응을 보는 게 즐거운지 남자가 다시 웃었다. 어두운데, 이렇게 컴컴한데 남자의 표정은 이상할 정도로 잘 보였다.

설마 저 문이 깨지진 않겠지?

유리이긴 해도 남자가 부엌칼로 때리는 정도로 깨질 것 같지는 않았다. 그게 유일하게 안도할 수 있는 부분이었다. 문만 열리지 않는다면 저 남자가 들어올 수는 없다. 시간이 지나면 날이 밝을 것이고 그러면 점장이 출근을 할 것이다. 그게 아니고라도 경찰이 순찰만 돌아준다면 남자는 쉽게 잡힐 것이다.

"좋았어."

미향은 숨을 가다듬고 남자를 노려봤다. 유리한 건 자기 쪽이었다. 불안해 할 필요는 없다. 어둡긴 해도 아무것도 안 보이는 건 아니었다. 남자의 행동만 예의 주시하면 될 일이었다. 그래봤자 칼로 문을 때려대는 게 전부이겠지만.

캉!

아니나 다를까 남자가 다시 문을 때렸다.

열어 달라고, 그렇게 말하는 것 같았다.

열어줘. 열어줘. 널 죽일 수 있게!

한참 동안 같은 동작을 반복하던 남자가 미향을 무섭게 노려보더니 슬쩍 어딘가로 사라졌다.

포기한 건가?

미향은 순간 희망을 품었다. 남자도 지금이 어떤 상황인지 알 것이다. 자신에게 승산이 없다는 것도. 반드시 날은 밝아온다. 벌써 4시가 지나지 않았는가. 지금이 제일 어두울 때이긴 해도 이 순간만 지나면 동이 트면서…….

남자가 다시 모습을 드러냈다.

어디서 구해왔는지 기다란 쇠파이프를 들고서.

그걸 보자 온몸에 소름이 돋았다. 미향은 주춤 뒤로 물러났다. 남자는 입이 찢어져라 웃으며 천천히 다가왔다. 즐기듯이, 아주 천천히.

저 쇠파이프로 때리면…… 유리문은 박살이 난다!

턱이 덜덜 떨렸다. 이제 상황은 역전됐다. 안 된다는 걸 알면서도 그때까지 들고 있던 전화기를 다시 눌러봤다. 여전히 먹통이었다. 그때 평상 테이블에 누워 자고 있는 남자를 발견했다. 저 남자는 완벽히 잊고 있었다. 만약 저 남자를 깨울 수만 있다면…….

미향은 문 쪽으로 다가가 유리벽을 손바닥으로 마구 두드렸다.

"아저씨. 일어나 보세요! 아저씨!"

술 취한 남자는 미동도 하지 않았다. 죽은 게 아닐까 싶을 정도였다. 천천히 다가오던 모자 쓴 남자도 술 취한 남자를 발견하곤 살짝 놀란 표정을 지었다. 하지만 아무런 반응이 없자 다시 미소를 지었다. 끔찍한 미소였다.

미향은 남자를 깨우는 걸 포기하고 계산대로 돌아가 후추 스프레이를 들었다. 자신에게 있는 무기라곤 이 스프레이 밖에 없었다.

남자가 다가왔다.

한 손에는 칼을 들고, 한 손에는 쇠파이프를 들고서.

남자는 칼을 내려놓고 양손으로 쇠파이프를 잡고선 유리문을 힘껏 내리쳤다.

쩡!

아까와는 다른 소리가 울려 퍼진다 싶더니 문에 금이 갔다.

"으악!"

미향은 비명을 질렀다.

남자가 다시 한 번 쇠파이프를 휘둘렀다.

쩡!

유리문에 거미줄 같은 금이 생겼다.

온다!

저 남자가 들어온다!

머릿속이 하얘졌다. 정신을 차릴 수가 없었다. 두렵다는 생각 말고는 그 어떤 것도 떠올릴 수 없었다. 남자가 세 번째로 쇠파이프를 휘둘렀을 때 미향은 그 자리에 주저앉고 말았다. 비로소 울음이 터졌다.

"제발. 그만하세요! 제발."

미향은 울부짖었지만 남자는 들은 척도 하지 않았다.

이제 몇 번만 더 내리치면 유리문은 박살이 날 터였다. 미향이 도망갈 곳은 없었다. 창고가 있긴 하지만 그곳은 안에서 잠기지 않았다.

미향은 덜덜 떨면서도 후추 스프레이를 꼭 쥐었다. 지금 기댈 거라곤 이 작은 스프레이가 유일했다.

쩡!

다시 한 번 소리가 들렸다.

유리문의 위쪽이 박살났다. 수많은 유리 파편이 편의점 안으로 떨어져 내렸다.

"으아악!"

미향은 주저앉은 그대로 뒤쪽을 향해 물러났다. 그래봐야 소용없다는 걸 알았지만 저 남자에게서 조금이라도 더 멀어지고 싶었다.

"크크크. 내, 내가 도, 돌아온다고 했지?"

남자가 깨져나간 문 사이로 손을 집어넣으며 말했다. 남자는 너무나 쉽게 걸쇠를 열었다.

"살려주세요! 살려주세요!"

미향이 울면서 소리를 질렀다.

"그, 그러게 사람을 무시하지 말아야지."

남자가 쇠파이프를 내려놓고 다시 부엌칼을 집어 들고선 편의점 안으로 들어왔다. 어둠 속에 우뚝 선 그 모습이 괴물처럼 보였다.

미향은 엉덩이걸음으로 냉장고까지 도망쳤다. 하지만 독 안에 든 쥐였다. 그 사실을 잘 아는 남자는 천천히 미향을 향해 다가왔다.

150

미향이 후추 스프레이를 들었다. 남자가 더 빨랐다. 발로 미향의 손을 찬 것이다. 후추 스프레이는 저 만치 날아가 진열대 아래로 들어가 버렸다. 최후의 무기마저 잃어버린 미향은 떠는 것 말고는 할 수 있는 일이 남아있지 않았다.

"살려주세요. 제발……."

"내, 내가 죽인다고 했지? 크크크."

남자가 부엌칼을 치켜들었다.

그때였다.

"이게 뭔 일이야?"

갑자기 들려온 소리에 남자가 동작을 멈추고 뒤를 돌아봤다.

그 남자가 입구에 서 있었다.

핸드폰을 놓고 간 문신한 남자.

미향은 벌떡 일어나며 외쳤다.

"도와주세요. 이 사람이 절 죽이려고 해요!"

순간 모자를 쓴 남자와 문신을 한 남자의 시선이 얽혔다. 문신한 남자는 순식간에 상황을 파악했다.

"씹할. 이 새끼가 겁대가리 없이 칼을 들고 설쳐?"

여전히 혀가 꼬인 발음이긴 했지만 모자 쓴 남자를 위협하는 데는 무리가 없었다. 모자 쓴 남자가 슬쩍 눈을 내리깔았다. 본능적으로 느낀 것이다. 위험하다는 것을. 문신한 남자는 부엌칼 쯤은 상관도 없다는 듯 척척 다가와 모자 쓴 남자 앞에 섰다. 둘의 덩치 차이가 어마어마했다.

"네가 쟤 죽인다고 했냐?"

문신한 남자가 물었다.

모자 쓴 남자는 대답 없이 고개만 숙이고 있었다.

"이 새끼가 왜 말을 안 해?"

그 순간 모자 쓴 남자가 부엌칼을 휘둘렀다. 예상치 못한 공격이었지만 문신한 남자는 여유롭게 피한 뒤 주먹을 날렸다.

퍽!

무지막지하게 큰 주먹이 모자 쓴 남자의 턱을 강타했다. 모자 쓴 남자가 벌렁 나자빠졌다. 미향은 하마터면 박수를 칠 뻔했다. 당장에라도 자몽 맛 핫식스를 구해다주고 싶은 심정이었다.

"다친 덴 없어?"

문신한 남자가 아무 일도 없었다는 듯 손을 털며 물었다.

"네."

미향은 고개를 끄덕였다.

"핸드폰 좀 줘봐. 씹할. 이 미친 새끼 신고해버리게. 아! 그리고 핫식스도 하나 더 주고."

"네!"

듣던 중 반가운 소리였다. 미향은 불 꺼진 냉장고에서 핫식스 한 캔을 꺼낸 뒤 서둘러 계산대로 향했다.

"근데 왜 불이 다 나갔어?"

문신한 남자는 또 혼잣말처럼 툴툴댔다. 이제는 그 소리가 거슬리지 않았다. 미향은 핸드폰과 함께 핫식스를 내밀었다.

"핫식스는 그냥 드릴게요. 어차피 지금은 계산도 안 되고, 또 도와주셨으니까……."

미향의 말이 채 끝나기도 전에 문신한 남자가 얼굴을 찡그렸다.

"으윽!"

신음을 흘리는 문신한 남자 뒤쪽에서 모자 쓴 남자가 고개를 내밀었다. 부엌칼이 문신한 남자의 등에 깊숙이 박혀 있었다.

"크크크. 나, 나를 때려? 그, 그러면 좆 되는 거야!"

"이 새끼가!"

문신한 남자가 그렇게 말하며 비틀거렸다. 얼굴이 고통으로 일그러졌다. 모자 쓴 남자는 부엌칼을 뽑은 뒤 다시 공격을 했다.

푹! 푹! 푹!

모자 쓴 남자가 문신한 남자의 등, 목, 옆구리 등을 계속해서 찌르는 동안 미향은 꼼짝도 하지 못한 채 얼어붙어 있었다. 사그라졌던 공포가 다시 깨어나면서 정신이 아득해졌다. 도무지 현실 같지가 않았다. 피투성이가 된 문신한 남자가 천천히 무너져 내리는 모습을 볼 때까지도 그랬다.

"하아. 하아."

모자 쓴 남자의 거친 숨소리를 듣고서야 미향은 정신을 차렸다.

"이, 이젠 네 차례야."

남자가 미향을 향해 말했다. 그러고는 웃었다. 미향과 남자 사이에는 계산대 하나밖에 없었다. 문신한 남자는 숨이 끊어졌는지 쓰러진 채 미동도 하지 않았다. 남자가 미향을 향해 한발 다가왔다. 그 순간 미향이 핫식스를 던졌다.

픽!

정면으로 날아간 핫식스는 남자의 얼굴을 그대로 때렸다.

"윽."

남자가 얼굴을 감싸 쥐었다. 미향은 망설이지 않고 계산대를 타고 넘었다. 계산대 바로 앞이 문이었다.

밖으로 나갈 수만 있다면…….

"죽어!"

섬뜩한 느낌에 본능적으로 몸을 숙였다. 남자의 손에서 뻗어 나온 부엌칼이 허공을 베면서 지나갔다. 미향의 눈에 쇠파이프가 들어왔다. 그걸 주워드는 것과 동시에 몸을 돌리며 힘껏 휘둘렀다.

쇠파이프는 남자의 옆구리를 강타했다. 무방비 상태로 공격을 당한 남자가 숨을 몰아쉬며 허리를 꺾었다. 미향의 바로 눈앞에 남자의 모자 쓴 머리가 있었다.

"미친 새끼야!"

미향은 분노를 담아 쇠파이프로 남자의 머리를 내리쳤다. 하지만 너무 힘을 준 탓에 빗나가고 말았다. 쇠파이프는 남자의 어깨를 때렸다.

"크윽."

남자가 신음을 흘리며 부엌칼을 떨어뜨렸다. 미향은 그 순간을 놓치지 않고 부엌칼을 집어 들었다. 동시에 남자 역시 달려들었다.

"내 놔!"

남자가 눈을 번득이며 미향의 팔을 잡아당겼다. 미향은 어금니를 꽉 깨물고 버텼다. 칼을 뺏긴다면 정말로 죽은 목숨이 되는 거였다. 남자가 온힘을 다해 뺏으려고 했지만 목숨이 걸린 미향의 저항도 만만치 않았다.

두 사람은 서로 엉겨 붙으며 편의점 안을 빙글빙글 돌았다.

"이년이!"

남자가 미향을 확 밀쳤다. 미향은 순식간에 칼을 놓치며 뒤로 넘어졌다. 그러면서 기껏 쌓아놓은 프링글스들을 쓰러뜨리고 말았다.

"크크크."

칼을 빼앗은 남자가 잔인한 미소를 지으며 쓰러진 미향에게 달려들었다. 미향은 눈을 감았다. 이제는 끝이었다. 아무런 희망도 없었다.

이대로 죽는구나.

편의점 알바를 하다가 이대로 비참하게…….

그때였다.

"어어!"

남자가 내뱉는 소리에 미향은 눈을 번쩍 떴다.

남자가 널브러진 프링글스 통을 밟고선 균형을 잃었다. 마치 서커스를 하듯 온몸을 허우적거리던 남자가 쭉 미끄러지며 그 대로 고꾸라졌다.

"악!"

미향은 자신을 향해 쓰러지는 남자를 피해 몸을 틀었다.

넘어진 남자는 꼼짝도 하지 않았다. 미향은 천천히 일어났다. 남자의 몸에서 축축한 액체가 흘러나왔다. 만져보고서야 피라 는 걸 알게 된 미향은 튕기듯 벌떡 일어섰다.

미향은 온힘을 다해 남자를 뒤집었다.

부엌칼이 남자의 가슴에 박혀 있었다. 겨우 손잡이만 보일 정도로 깊이.

"하하."

다리에 힘이 풀린 미향은 바람 빠지는 듯한 웃음소리를 내며 털썩 주저앉았다. 끝났다. 모든 게 끝이었다. 비실비실 웃음이 새어 나오는 것을 참을 수가 없었다.

"하하. 하하."

미향은 어둠 속에 홀로 앉아 실성한 듯 자꾸만 웃었다. 경찰에 신고를 해야 한다는 걸 알면서도 몸이 움직이지 않았다. 힘이 하나도 없었다. 눈을 뜨기도 힘들었다. 미향은 눈을 감은 채라면 진열대에 머리를 기댔다. 모든 일들이 꿈만 같았다. 아주 지독한 악몽.

그랬기에, 눈을 감고 있었기에 미향은 알지 못했다.

파라솔 테이블에 있던 남자가 천천히 일어나는 것을.

남자는 입고 있던 얇은 점퍼주머니에서 모자를 꺼내 썼다. 그러고는 중얼거렸다.

"오래 기다렸네."

잭나이프를 든 남자가 편의점 안으로 성큼 들어갔다.

미향은 여전히 알지 못했다.

아직 악몽은 끝나지 않았음을.

Hard Night

설마 일이 이렇게 되리라곤 생각지도 못했다.

나는 쓰러진 남자를 내려다봤다. 숨이 붙어 있는지 확인할 필요도 없었다. 머리통이 깨지고 뇌가 흘러나온 채로 살아 있을 순 없으니까. 굴러 나온 눈알 하나가 원망이라도 하듯 나를 바라봤다.

"젠장."

최초의 흥분감과 긴장감이 사라지자 몸이 떨리기 시작했다. 특히 총을 쥔 오른손이 심하게 떨렸다. 38구경 리볼버가 한없이 무겁게 느껴졌다. 분명 첫발은 공포탄이 들어 있어야 했다. 하지만 어찌된 영문인지 실탄이 발사됐다. 총알은 남자의 왼쪽 눈알을 파고들어 뇌를 헤집었고 커다란 구멍과 함께 뒤통수로 빠져나왔다.

"젠장."

그 말밖에 떠오르지 않았다. 머릿속이 텅 비어 생각을 가다듬을 수 없었다. 총성 탓에 귀도 먹먹했다.

사람을 죽인 건 처음이었다.

아니, 여태 경찰 밥을 먹으면서 총을 발사해 본 것도 처음이었다. 그러니까 이 빌어먹을 상황 앞에서 나는 어찌할 바를 몰라 허둥댈 수밖에 없었다.

"왜 그때 튀어나온 거냐고?"

죽은 사람 탓을 해봐야 아무 소용없다는 걸 알면서도 온몸에 문신을 한 이 남자가 원망스러웠다.

계획은 단순했다.

늦은 밤, 두꺼비의 사무실에 잠입해 몰래 장부를 빼온다. 두꺼비가 자신의 사무실에 따로 경비 시스템을 달지 않았다는 것쯤은 미리 알고 있었다. 그저 도어락이 전부였고 그런 건 쉽게 열 수 있었다.

장부, 내 목줄이 달려 있는 장부 역시 책상 서랍의 맨 마지막 칸에 아무렇게나 들어 있다는 것 역시 파악했다. 일전에 놈을 만나러 왔을 때 거기에 넣고 서랍을 닫는 걸 봤다. 내게는 무엇보다 중요한 물건이 두꺼비 녀석에게는 그저 고객 관리용 장부에 지나지 않은 것이다.

장부 속에는 내 이름과 전화번호가 버젓이 적혀 있다.

그게 수사팀 손에 들어간다면 내 인생은 말 그대로 좆 된다. 경찰복을 벗는 걸로 끝난다면 그나마 다행이겠지. 요즘 분위기로 봐서는 실형도 각오해야 할 판이었다.

마약 단속반 경찰관이 마약 유통 업자에게 마약을 사 판매를 했다는 게 알려지면 언론도 득달같이 달려들 것이다. 그러면 내 인생뿐 아니라 마누라 인생도, 아들 녀석 인생도 끝장나는 거다.

그래서 계획을 세웠다.

내일, 아니 오늘 새벽 특별 수사팀 녀석들이 두꺼비의 사무실을 급습하기 전에 내가 먼저 장부를 빼오기로.

계획대로라면 10분도 안 걸리는 일이었다. 실제로 처음에는 순조로웠다. 쉽게 문을 땄고 장부도 대번에 찾아냈다. 이제이 빌어먹을 장부를 들고 유령처럼 사라지려는 찰나 인기척이 들렸다. 그때부터 모든 게 꼬이기 시작한 것이다. 아니, 솔직히 말하자면 쓸 데 없이 내가 총을 꺼내든 게 최악의 한 수였다. 차라리 그냥 숨었더라면, 인기척 같은 건 무시하고 바로 도망쳤더라면……

굳이 변명을 하자면 인기척 속에서 일종의 섬뜩함이 느껴졌다. 으르렁거리는 소리를 들은 것도 같았다. 위험을 감지하는 형사의 감이 발동했고 반사적으로 총을 꺼냈다. 텅 빈 줄로만 알았던 사무실 안에 다른 이가 있다는 사실만으로도 소름이 돋았다. 짙은 어둠 속 어딘가에서 나를 지켜보고 있었다는 뜻이니까.

나는 장부를 옆구리에 끼고 어둠 속을 향해 총을 겨눈 후 천천히 문 쪽으로 이동했다. 지독하게 어두웠다. 복도에서 넘어들어오는 비상구 불빛에 의지해 한 발씩 움직이던 바로 그 순간, 어떤 예고도 없이 남자가 불쑥 눈앞에 나타났다.

내가 잘못 본 게 아니라면 남자의 동공은 새빨갰고 입을 한껏 벌린 채 마치 물어뜯기라도 할 것처럼 달려들었다.

마치 괴물 같았다.

그래서였다.

나도 모르게 방아쇠를 당긴 건.

왜 안전장치가 걸려 있지 않았던 건지, 왜 실탄이 들어 있던 건지, 이 남자는 왜 갑자기 불쑥 나타난 건지 골백번 생각해도 답은 나오지 않았다. 그럴수록, 쓸데없는 문제에 집착할수록 시간만 흘러갔다.

남자가 죽었다는 사실은 변하지 않았다.

내가 죽였다는 사실 역시 변하지 않았다.

이제 몇 시간만 있으면 특별 수사팀 애들이 뜰 것이다. 그 전에 이 최악의 상황을 해결해야 한다. 그것도 최대한 빨리. 깊은 밤이긴 하지만 누군가 총성을 듣고 신고를 했을지도 모르니까.

나는 장부를 내려놓고 남자의 머리를 뚫고 나간 총알부터 찾았다. 장갑을 끼고 있었으니 지문이 남을 일은 없고 총알만 회수한다면 내가 여기 왔었던 흔적은 모두 지우는 셈이었다. 핸드폰 라이트를 켜고 바닥부터 훑었다.

그때였다.

지이잉.

갑자기 전화가 오는 바람에 깜짝 놀라 핸드폰을 떨어뜨렸다. 서둘러 집어 들어 확인해 보니 아내였다. 오늘은 잠복근무가 있다고 미리 이야기해놓았다. 그런데도 이 시간에 전화를 걸었다는 건 급한 일이 있다는 뜻이었다.

"여보세요?"

최대한 소리를 죽인 채 전화를 받았다.

"당신 어디야?"

아내는 다급한 목소리로 물었다.

"어, 어디긴. 잠복 중이지."

"큰일 났어. 세윤이가…… 세윤이가……."

아내는 말을 잇지 못하고 울먹였다.

"세윤이가 왜?"

"중환자실에 들어갔어. 갑자기 위독해져서."

"의사는 뭐래?"

"몰라. 자기들끼리 심각한 표정으로 이야기하던데 나한텐 가족들 모두 만약의 경우를 준비하라고만 해. 어떡해? 우리 세윤이 어떡해? 나…… 나 혼자 감당하기 너무 힘들어. 빨리 좀 와줘."

심장이 벌렁대고 머리가 지끈거렸다. 몇 달 씩씩하게 잘 버틴다고 좋아했는데 또 중환자실이라니, 게다가 이번에는 위독하다니…….

"알았어. 조금 있다 갈게."

"바로 와! 애가 위독하잖아."

"나도 할 일이 있다고! 누군 바로 안 가고 싶어서 안 가는 줄 알아?"

나도 모르게 소리를 지르곤 바로 후회했다. 지난 1년 간 병원에서 세윤이 곁을 지키면서 아내는 점점 시들어갔다. 세윤이가 잘못된다면 아마 아내도 견디지 못하리라.

"미안해. 나도 너무 당황해서 그만……."

"알았어. 최대한 빨리 와줘."

그 말을 끝으로 아내는 전화를 끊었다.

"하아."

저절로 한숨이 나왔다. 지끈거리기 시작한 머리는 점점 통증을 더해갔다. 관자놀이를 송곳으로 후벼 파는 것 같았다. 마음 같아선 모든 걸 내팽개치고 세윤이한테 달려가고 싶지만 지금은 그럴 때가 아니었다.

이걸 해결해야 한다.

해결하지 못하면 내 미래도, 아내 미래도, 그리고 세윤이 미래도 없다.

핸드폰 라이트에 의지해 다시 총알을 찾기 시작했다. 잔뜩 찌그러졌을 게 분명한 그 빌어먹을 총알은 어디에도 없었다. 남자의 두개골을 깨부수고선 제멋대로 튀어나가 어딘가에 박혀 있는 게 분명했다.

두꺼비의 사무실에 들어오고 벌써 삼십 분이 지났다. 남은 시간이 얼마 없었다. 총알을 찾고, 장부를 챙긴 다음…….

"어?"

두꺼비의 사무실 뒤편에는 이곳의 낡고 우중충한 분위기와 어울리지 않는 책장이 서 있다. 원목으로 된 책장에는 문학 전집부터 뜻을 알 수 없는 원서까지 책들이 빼곡하게 꽂혔다. 일전에 한 번 저 책들이 뭐냐고 물었을 때 두꺼비는 씩 웃으며 대답했다.

"형님. 이쪽 사업도 지식이 있어야 장수하거든요. 저 책장이 제 성공 비결입니다. 흐흐."

바로 그 책장이 한쪽으로 밀려나 있었다.

"이게 원래 움직이는 거였어?"

나는 책장이 있던 자리에 불빛을 비쳤다. 과연, 비밀 통로로 보이는 문이 조금 열려 있었다. 그걸 보고서야 남자가 어디서 갑자기 나타난 건지 깨달았다. 놈은 이 문을 통해 사무실로 들어왔고 나를 발견한 후 공격한 것이다.

문 뒤에는 뭐가 있을까?

조심스레 다가가려는 찰나, 문 안쪽의 시커먼 어둠 속에서 번쩍이고 있는 안광과 마주쳤다.

"헉!"

놀라서 움찔한 순간 안광이 어둠 속으로 사라졌다.

목격자다!

짧고 선명한 깨달음이 머릿속을 스치고 지나갔다. 놀란 마음을 추스를 새도 없이 문을 밀고 어둠에 휩싸인 비밀 통로 안으로 들어갔다. 어떻게 하겠다는 계획 같은 건 없었다. 이미 계획은 다 틀어졌음으로. 다만 목격자를 남기지 말아야 한다는 본능적인 깨달음이 나를 움직이게 했다.

어쩌면, 두 번째 살인을 하게 될지도 모를 일이었다.

비밀 통로는 무척 어두웠다. 핸드폰 라이트로는 턱도 없었다. 게다가 아주 좁고 또 길었다. 책장 너머에 이런 공간이 펼쳐져 있으리라곤 상상도 하지 못했다.

얼마나 걸었을까, 불쑥 계단이 나왔다. 하마터면 잘못 디뎌 그대로 구를 뻔했다. 나는 이 건물의 구조를 떠올렸다. 두꺼비의 사무실은 4층에 있었다. 3층은 일반 상가였다. 그렇다면 이 아래는 4층과 3층 사이 어딘가라는 소리였다.

"크으으."

계단을 막 내려가려는데 그런 소리가 들렸다. 가까웠다. 고통에 찬 신음이었다. 그러고 보니 층계마다 붉은 피가 점점이 떨어져 있었다. 권총을 빼들었다. 다시 총질을 해대는 사태만은 피하고 싶었지만 상황이 그렇게 쉽게 돌아갈 것 같지는 않았다. 싸한 느낌이 들었다.

계단 모퉁이를 돌았다. 핸드폰 라이트 아래 층계참에 쓰러져 있는 거구의 사내가 모습을 드러냈다.

나는 서너 계단 위에 서서 총을 겨눴다.

"너 누구야? 어떤 새끼야?"

사내가 힘없이 고개를 들었다. 그 순간, 피범벅이 된 목덜미가 보였다. 살이 뜯겨나간 자리에서 울컥울컥 피가 샘솟고 있었다.

"두꺼비 형님…… 두꺼비 형님을 찾아야 돼."

사내는 헐떡이며 말했다.

"두꺼비는 특수대 애들한테 잡혔어. 이제 다 끝난 거야. 그러니까 대답해. 너, 어디까지 봤어?"

사내는 고개를 푹 숙이더니 알아들을 수 없을 정도로 작은 소리로 중얼거렸다.

168

"뭐라는 거야?"

할 수 없이 사내를 향해 내려갔다. 여름에 어울리는, 빌어먹을 정도로 멋들어진 알로하셔츠를 입고 있었다. 그 셔츠 깃이 온통 피로 물들어 더욱 강렬하게 보였다. 셔츠 아래로 드러난 팔뚝에는 두꺼비의 똘마니들이라면 으레 그러듯 두꺼비 문신이 새겨져 있었다.

나는 사내 앞에 쪼그리고 앉아 눈을 바라봤다. 생명력이 점점 꺼져가는 처량한 눈이었다. 목덜미도 살폈다. 뭔가에 물어뜯긴 것 같았다. 이대로 두기만 해도 목격자는 영원히 입을 닫게 될 것이다.

"어떤 놈 짓이야? 뭐 하나라도 제대로 된 대답을 좀 해 봐!"

그래도 궁금한 건 해결하고 싶었다. 목덜미를 물어 뜯겨 죽어가는 사내와 나를 공격했던 남자 사이에는 왠지 연결고리가 있을 것 같았다.

"…… 솔트."

남자가 다시 중얼거렸다.

"뭐?"

"배스…… 솔트."

"배스 솔트?"

그 단어를 듣는 순간 정신이 번쩍 들었다. 나는 사내의 어깨를 잡고 흔들었다.

"그, 그걸 두꺼비가 들여왔단 말이야? 두꺼비가 배스 솔트까지 들여왔어?"

배스 솔트.

이른바 좀비 마약.

다른 마약에 비해 저렴한데 환각 효과는 몇 배나 강해서 한때 미국을 중심으로 엄청나게 퍼져나갔던 마약이 바로 배스 솔트다. 그걸 투약하면 정신을 잃고 강한 공격성을 띤 채 사람을 물어뜯으려 한다고 해서 좀비 마약이라는 별명이 붙었다.

설마…… 나에게 달려들었던 그 남자도?

"…… 제조를…… 배스 솔트…… 직접 만들어……."

"두꺼비 이 미친 새끼!"

비밀 공간에 마약 공장을 차려놓은 것으로도 모자라 신종 마약을 제조하고 있었다니. 게다가 그게 배스 솔트라니.

"언제부터야? 언제부터 배스 솔트를?"

"오늘……."

그림이 그려졌다. 마약을 제조하고 나면 일반적으로 실험을 해본다. 얼마나 잘 만들어졌는지, 나름 이 업계에서 유명한 감별사들을 초대해 투약을 해보는 것이다. 배스 솔트도 마찬가지였으리라. 어떤 마약인지는 가르쳐주지 않았겠지. 새로운 약이라는 사실만으로도 지원자들이 줄을 섰을 것이다.

두꺼비는 행사를 앞두고 긴급 체포됐다. 그렇지만 이 비밀 공간에서의 투약 실험은 그대로 진행됐다. 그 결과가 나를 공격했던 남자다. 목을 물려 죽어가는 이 사내는 두꺼비의 똘마니로 경비 같은 걸 서고 있었을 거고.

"몇 명이야? 저 아래 몇 명이나 더 있는 거야?"

사내는 대답을 하는 대신 울컥 피를 쏟아냈다. 더 이상 대답을 듣기는 그른 것 같았다. 빨리 여기를 빠져나가는 게 상책이었다.

그때였다.

쾅!

무언가가 단단한 쇠를 때리는 듯한 소리가 들려왔다. 뒤이어 끼이익, 하는 기분 나쁜 소리가 이어졌다.

나는 어둠이 녹아내린 계단 아래를 노려봤다. 불길한 기운이 바람처럼 날아들었다.

"크아아!"

괴성이 울려 퍼졌다. 나는 미련 없이 등을 돌렸다. 그 순간, 죽어가던 사내가 내 바짓가랑이를 붙잡고 늘어졌다.

"뭐, 뭐야?"

사내의 눈에서는 점점 생명력이 빠져나가고 있었지만 안광은 이상할 정도로 번들거렸다. 사내가 나를 향해 속삭이듯 말했다. 한 번도 숨을 헐떡이지 않고.

"나는 다 봤어. 넌 벌을 받을 거야."

사내는 그 말을 끝으로 푹 쓰러졌다. 나는 다리를 당겨서 재빨리 벗어났다. 계단을 달려 올라오는 여러 개의 발소리가 들렸다.

"크아아!"

괴성도 줄을 이었다.

배스 솔트 맛을 본 미친놈들이 좀비가 되어 떼로 몰려오고 있었다.

"젠장."

나도 발걸음을 서둘렀다. 내려올 때는 몰랐는데 계단은 꽤 가팔랐다. 한 계단, 한 계단 올라갈 때마다 숨이 찼다. 이럴 줄 알았으면 운동 좀 열심히 해두는 건데.

"크아아!"

그 괴성이 바로 등 뒤에서 들렸다. 뒤를 돌아보고 싶었지만 간신히 참았다. 다만 발소리가 가까워지는 걸로 봐서 그것들이 따라붙었다는 사실은 알 수 있었다.

계단이 끝났다. 이제는 쭉 이어진 복도였다. 이번에는 유혹을 이기지 못했다. 나는 고개를 돌려 뒤를 바라봤다.

웃통을 벗은 빼빼마른 남자가 귀신같은 몰골을 한 채 달려오고 있었다. 입을 한껏 벌리고 미친개처럼 이를 드러낸 상태로.

그 뒤로도 다른 사람들, 아니 좀비들이 달려오는 중이었다. 모두 비슷한 몰골이었다.

잡히면 죽는다!

그 생각밖에 들지 않았다.

저 멀리 문이 보였다.

"크아아!"

그것들이 울부짖었다.

사력을 다해 달려서 문에 다다랐다. 거의 몸을 날리다시피 해서 문을 통과한 뒤 등을 돌렸다. 문만 닫으면 되는데 어디에 걸렸는지 빌어먹을 문은 꼼짝도 하지 않았다. 나는 문 닫기를 포기하고 책장을 밀기 시작했다. 책장으로 입구를 막아버린다면……

책장을 미처 다 밀기도 전에 첫 번째 놈이 불쑥 사무실 안으로 들어왔다. 놈은 두리번거리다가 나를 향해 고개를 홱 돌렸다. 핸드폰 라이트에 비친 놈의 모습은 실로 끔찍했다. 실핏줄이 다 터졌는지 눈동자는 아예 새빨갰고 벌린 입에서는 침이 줄줄 흘러내리고 있었다. 입술은 잔뜩 말려 올라가 이가 다 드러났다.

"크아아!"

놈이 달려들었다.

나는 총을 겨누고 방아쇠를 당겼다.

탕!

귀를 찢는 소리가 날뿐, 아무 일도 일어나지 않았다. 사격 반동도 없었다. 이번에야 말로 빌어먹을 공포탄이었다.

"젠장!"

다시 방아쇠를 당길 틈도 없이 놈이 엉겨 붙었다. 코를 찌르는 땀 냄새와 약쟁이들 특유의 고약한 입 냄새가 훅 날아들었다. 목을 잔뜩 빼고 나를 물어뜯으려는 놈을 팔로 간신히 막았다. 그러면서 다리로 놈의 사타구니를 걷어찼지만 끄떡도 하지 않았다. 통증도 느끼지 못하는 듯했다. 다른 사람을 죽이겠다는 공격 본능만이 남은 괴물이었다.

"크아아!"

놈이 괴성과 함께 이를 마구 맞부딪쳤다. 동시에 무시무시한 힘으로 나를 밀어 붙였다. 나는 버티지 못하고 쓰러졌다. 놈은 내 위에 올라타서 이를 들이밀었다. 그걸 막으려고 하다가 핸드폰을 떨어뜨렸다. 빙글빙글 돌던 핸드폰은 입구 쪽 벽을 비추며 멈췄다. 나도 모르게 그쪽을 바라보고는 입을 딱 벌렸다.

총알이 거기 박혀 있었다.

놈은 내게 반가워 할 시간을 주지 않았다. 놈의 입에서 흘러내린 진득한 침이 내 얼굴에 떨어졌다.

"윽!"

놈의 목을 잡고 필사적으로 막으며 권총을 든 손을 힘껏 휘둘렀다.

픽!

딱딱한 총구로 놈의 머리를 내려치자 반응이 있었다. 놈이 순간 휘청하며 내게서 떨어졌다. 그 틈을 놓치지 않고 다시 총을 휘둘렀다. 두 번, 세 번, 네 번…… 팔이 아파올 때까지 같은 동작을 반복했다. 열 번째 때렸을 때 무언가가 움푹 꺼지는 느낌이 나며 놈의 코에서 피가 팍 뿜어져 나왔다.

"크으으."

두개골이 함몰된 놈이 신음 비슷한 소리를 내며 쓰러졌다. 나는 놈을 밀쳐내며 재빨리 일어났다. 그걸 기다렸다는 듯 또 다른 그것들이 책장을 밀치며 사무실 안으로 들어왔다. 상체를 죽인 채로 뒷걸음질 쳤다. 다른 놈들은 아직 나를 발견하지 못했다. 나는 소파 뒤에 숨었다. 놈들은 어깨를 구부정하게 숙이고 고개를 잔뜩 뺀 채 사무실 안을 돌아다니기 시작했다. 눈을 희번덕이면서.

이대로라면 들키는 건 시간 문제였다. 아무리 어둡다고는 하지만 가로등 불빛이 희미하게 새어 들어와 사물을 분간할 정도는 되었다. 다행히 놈들은 빛을 내고 있는 내 핸드폰 쪽으로 다가갔다. 아무래도 시각에 의존해 움직이는 듯했다.

"크아아!"

한 놈이 포효하자 나머지 넷도 덩달아 울부짖기 시작했다.

"크아아!"

넷은 남자고 한 명은 여자였다. 모두 옷을 벗어던져 속옷만

걸친 상태였다. 자해를 했는지 몸에서 피가 흐르는 놈들도 있었다.

나는 마른침을 삼켰다. 영원히 숨어 있을 수는 없었다. 빨리 이곳을 빠져나가 아들에게 달려가야 했다. 그렇다고 저 다섯 명을 한 번에 상대한다는 건 말이 안 되는 짓이었다. 최후의 방법으로 육탄전을 벌인다 해도 최소한 무기 정도는 있어야 한다. 권총은 더 이상 쓸모가 없었다. 단 한 번에 명중을 시킨다 해도 그 총알을 모두 찾아낼 자신이 없었다.

숨을 죽인 채 소파 뒤로 돌아갔다. 두꺼비의 책상이 보였다. 그 옆에는 골프 가방이 놓여 있었다. 가방 안에 든 서너 개의 골프채를 향해 나는 조용히 움직였다. 마침 놈들 중 둘이 사무실 밖으로 나갔다. 나머지 셋은 여전히 핸드폰 근처에서 빙글빙글 돌고 있었다. 씩씩거리는 거친 숨을 내쉬면서.

소파에서 책상 쪽으로 이동하는 순간, 첫 번째로 죽였던 남자에게서 흘러나온 피에 쭉 미끄러지고 말았다.

놈들이 획 고개를 돌렸다.

아슬아슬하게 책상 뒤로 피했다.

"크아아!"

놈들은 또 다시 포효했다.

나는 책상에 기대 숨을 골랐다. 심장이 너무 세게 뛰어 튀어나올 것 같았다. 잠시 눈을 감았다. 세윤이 얼굴이 떠올랐다. 다

나으면 꼭 놀이공원에 놀러가자며 내게 새끼손가락을 걸던 녀석이었다. 아무리 아파도 씩씩하게 잘 이겨내던 녀석이었다. 그런 녀석을 두고 이 어둡고 구질구질한 사무실에서 마약중독자들에게 뜯어 먹힐 순 없었다.

나는 눈을 번쩍 떴다.

권총을 다시 넣은 뒤 최대한 소리를 죽이며 골프채를 꺼냈다. 종류 같은 건 상관도 없었고 알지도 못했다. 그저 제일 먼저 손에 잡히는 걸 선택했다. 꺼내고 보니 헤드가 큼지막하고 무게도 꽤 나가는 것이 어딘가 믿음직해 보이는 골프채였다.

그걸 들고 놈들을 향해 다가갔다.

한 발, 한 발 조심스럽게.

놈들은 핸드폰을 내려다보고 있었다. 내가 다가가는 걸 아무도 눈치 채지 못했다. 제일 가까이 있는 놈의 어깨를 골프채로 툭툭 쳤다.

놈이 움찔하더니 고개를 돌렸다.

머리가 바로 앞에 있었다.

이를 악문 채로 있는 힘껏 골프채를 휘둘렀다.

퍼억!

사선을 그리며 날아간 골프채는 놈의 관자놀이 쪽을 정확하게 강타했다. 두개골이 부서지는 기분 나쁜 감촉이 골프채를 타고 손에 전해졌다. 피가 튀었다. 놈이 휘청거리며 나가떨어지는 순간 바로 옆에 있던 또 다른 괴물이 달려들었다.

"크아아!"

이번에는 골프채를 아래에서 위로 휘둘렀다. 너무 힘을 준 탓인지 골프채는 크게 빗나가 놈의 턱을 때리고 말았다. 턱이 부서지며 이가 후드득 떨어져 내렸다. 놈은 발광을 하며 달려왔다. 턱이 덜렁거렸다. 나는 뒤로 한 발 물러나며 골프채를 거꾸로 잡은 다음 놈의 벌어진 입을 향해 그대로 찔러 넣었다.

"컥!"

골프채 끝이 놈의 입에 박혔다. 망설이지 않고 온힘을 다해 밀어 넣었다. 놈의 목이 뒤로 꺾였다. 그러면서 골프채가 완전히 박히고 말았다. 빼내려고 했지만 꼼짝도 하지 않았다. 그 사이 세 번째 놈이 달려왔다.

"크아아!"

가장 덩치가 큰 남자였다. 머리도 큼지막하고 입도 큼지막했다. 송곳니가 유난히 튀어나와 진짜로 괴물처럼 보였다. 입속에서 새빨간 혀가 꿈틀거렸다. 나는 골프채와 함께 두 번째 놈을 그대로 밀어버렸다. 두 번째 놈과 세 번째 놈이 부딪쳐 버둥대는 사이 책상을 타고 넘어 빠져나가려고 했다.

세 번째 놈이 조금 더 빨랐다.

팔을 휘둘러 내 얼굴을 친 것이다.

나는 균형을 잃고 머리부터 바닥에 떨어졌다. 책상에 있던 물건들도 같이 떨어졌다. 쿵, 하는 소리가 울려 퍼지는 것과 동시에 정신이 아득해졌다. 눈앞에서 번쩍번쩍 폭죽이 터졌다. 몸을 움직일 수가 없었다. 아무런 생각도 할 수 없었다.

움직여야 해!

마지막 남아 있던 의식의 한 가닥이 그렇게 외치지 않았다면 나는 그야말로 끝장이 났으리라.

"으윽."

신음을 흘리며 몸을 튼 것과 동시에 세 번째 놈이 와락 달려들었다. 놈의 이빨이 방금 전까지 내 목덜미가 있었던 곳을 깨물었다. 간발의 차였다. 나는 몸을 굴려 놈에게서 멀어졌다. 괴물은 쪼그려 앉은 채로 나를 노려봤다.

나는 몸을 반쯤 일으켜 주위를 둘러봤다. 사무실 입구까지는 너무 멀었다. 뒤는 벽이었다. 도망갈 곳은 없었다.

그때 놈이 튕기듯 달려들었다. 다리를 들어 놈의 가슴팍을 걷어찼다. 놈은 밀려나지 않았다. 오히려 내가 미끄러지며 밑에 깔리게 됐다. 한 손을 들어 놈의 공격을 필사적으로 막았다.

"크아아! 크아아!"

놈은 붉은 눈을 빛내며 미친 듯이 달려들었다. 송곳니가 번쩍거렸다.

나는 남은 한 손으로 바닥을 더듬었다. 무언가 무기가 될 만한 걸 찾아야 했다. 손끝에 딱딱한 게 닿았다. 고개를 돌렸다. 책상 위에 놓여 있던 수석이었다. 장수를 기원하는 거북 모양 수석이라며 자랑하듯 말하던 두꺼비의 얼굴이 떠올랐다.

손가락을 뻗어 수석을 끌어당겼다.

동글동글한 모양의 수석은 잘 움직이지 않았다.

나는 팔이 빠지도록 뻗었다.

"*끄응.*"

저절로 신음이 새어 나왔다. 놈의 이빨은 점점 가까워졌다. 막고 있던 팔에 힘이 빠지기 시작했다. 놈이 내뱉는 거친 숨소리와 으르렁거리는 소리가 바로 귓가에 울려 퍼졌다. 손가락이 저려올 정도로 힘을 주고선 수석을 끌어당겼다. 조금씩, 조금씩.

"됐다!"

수석을 쥐었다. 손안에 쏙 들어오는 크기였다. 마지막 희망이나 마찬가지인 수석을 틀어쥐고선 놈의 머리를 후려갈겼다.

퍽!

놈의 고개가 홱 돌아갔다.

다시 머리를 때렸다.

퍽!

놈의 머리가 움푹 들어갔다. 동공이 흔들렸다. 입이 헤벌어졌다. 나는 온힘을 다해 놈을 밀쳐냈다. 이번에는 놈이 쓰러져 내

밑에 깔리게 됐다. 양손으로 수석을 쥐고 힘껏 내리찍었다.

퍼억!

놈의 코가 뭉개지고 피가 튀었다.

"죽어!"

나는 멈추지 않았다.

퍽!

퍽!

퍼억!

놈의 얼굴이 형체를 알아볼 수 없을 정도가 되어서야 수석을 놓았다. 피투성이가 된 수석은 메마른 소리를 내며 바닥에 떨어졌다.

"헉헉."

숨을 몰아쉬었다. 머리가 어질했다. 온몸은 이미 땀에 흠뻑 젖었다. 구석구석이 쑤시고 아팠다. 이를 악물고 일어났다. 방금 전까지 살아서 헐떡대던 세 마리의 괴물들이 모두 죽어 있었다. 그리고 나는 살아남았다.

"젠장."

비틀거리며 입구를 향해 걸어갔다. 열린 문을 막 빠져나가려다가 퍼뜩 생각이 나 핸드폰을 집어 들었다. 그러고는 벽에 박힌 총알을 빼냈다. 총알을 주머니에 넣자 비로소 안심이 되었다.

됐다.

이제 모두 끝났다. 수사팀 놈들은 이 처참한 꼴을 보고 꽤나 놀랄 것이다. 마약상의 사무실을 털러 왔는데 피가 흥건한 참극의 현장을 보게 될 줄은 몰랐을 테니. 수사팀은 배스 솔트에 대해 결국 알아낼 것이고 이 시체들도 약에 취한 놈들이 서로 싸움을 벌인 것이라 결론을 내릴 것이다.

나는 벽을 짚으며 복도를 걸었다.

그때였다.

다시는 듣고 싶지 않은 그 소리가 귀를 파고들었다.

"크아아!"

고개를 들고 앞을 바라봤다. 어둠 속에 또 다른 괴물 한 마리가 서 있었다. 아까 사무실을 빠져나간 놈이었다. 먹잇감을 찾듯 두리번거리던 괴물이 천천히 돌아섰다. 역시 눈을 치켜뜨고 입을 크게 벌린 상태였다. 끔찍한 얼굴을 하고서 놈이 달려왔다.

나는 서둘러 권총을 빼냈다. 손이 덜덜 떨려 자꾸만 미끄러졌다.

"크아아!"

괴물은 순식간에 거리를 좁혀왔다.

간신히 총을 빼든 나는 조준을 하는 대신 경찰에게 지급되는 권총의 원래 용도에 충실하게 사용했다.

권총을 던진 것이다.

날아간 권총은 놈의 얼굴을 정확하게 때렸다. 놈이 주춤하는 사이 온힘을 다해 달려들어 쓰러뜨렸다. 그런 뒤 놈의 위에 올라가 목을 조르기 시작했다. 양손으로 놈의 가느다란 목을 꽉 쥐고서 죽어라 힘을 줬다.

"크아아! 크아아!"

놈은 발버둥 쳤다. 약기운에 고통을 느끼지 못할 뿐 불사신이 되는 건 아니었다. 숨을 못 쉬면 죽는 건 마찬가지일 것이다. 더 세게 힘을 줬다. 괴물의 눈이 뒤집어졌다. 게거품을 물기 시작했다. 그 순간 괴물이 한마디를 했다.

"사, 살려……."

깜짝 놀라 손에 힘을 풀었다. 배스 솔트의 기운이 떨어진 탓인지, 아니면 죽을 위기에 처했기 때문인지 괴물은 정신을 차리고 있는 중이었다. 인간으로 돌아오려 하고 있었다.

"살려……."

"안 돼!"

나는 다시 목을 졸랐다.

"죽어! 넌 괴물이야! 죽어!"

분노와 광기가 머릿속을 가득 채웠다. 이곳에서 빠져나가야 한다는 생각 말고는 아무것도 떠오르지 않았다. 그러자면 목격자를 남겨서는 안 되는 일이었다. 모든 걸 깨끗이 처리해야 했다.

"죽어!"

미친 듯이 소리를 지르며 목을 조르고 또 졸랐다. 인간의 목숨은 생각보다 질겼다. 놈은 계속 발버둥 치다가 목에서 우두둑 소리가 나고 나서야 움직임을 멈췄다. 완벽하게 인간으로 돌아온 눈이 멍하니 허공을 바라보고 있었다.

"으아아!"

소리를 질렀다. 그렇게라도 하지 않으면 미쳐버릴 것 같았다. 울음이 터져 나오려는 걸 간신히 참으며 일어섰다. 이제 계단만 내려가면 자유였다. 계단만 내려가서 밖으로 나가기만 한다면…….

사이렌 소리가 울려 퍼졌다.

나는 우뚝 멈춰 섰다. 핸드폰으로 시간을 확인했다. 예상했던 것보다 훨씬 더 빨리 수사팀이 출동한 모양이었다. 사이렌은 빠르게 가까워졌다.

"젠장!"

오늘 밤에만 벌써 몇 번 같은 말을 중얼거렸다. 젠장. 젠장. 젠장! 아무리 내뱉어도 부족할 정도로 상황은 꼬여만 갔다. 그러나 이대로 포기할 수는 없었다. 이렇게까지 했는데 이제 와서 잡힐 수는 없었다.

나는 필사적으로 머리를 굴렸다. 이 건물의 입구는 하나였다. 그 말은 출구도 하나라는 소리였다. 대신에 옥상이 있었다. 올라가 본 적은 없지만 두꺼비의 말에 따르면 옥상에서 부하들을 모아놓고 가끔 고기를 구워먹기도 하는 모양이었다.

서둘러 계단을 달려 위층으로 올라갔다. 이곳은 엘리베이터가 없는 4층짜리 낡은 상가 건물이었다. 즉, 한 층만 올라가면 옥상이었다. 옥상으로 올라가는 계단에는 잡동사니들이 잔뜩 쌓여 있었다. 빛이 들어오지 않아 올라갈수록 어두워졌다. 드디어 층계참에 도착했다. 반 층만 더 오르면 옥상 입구였다. 나는 숨을 고르며 핸드폰을 꺼냈다. 라이트를 켤 생각이었다.

그때였다.

인기척이 느껴졌다.

어둠 속에 무언가가 있었다.

나는 숨을 참고 벽에 딱 붙어 섰다.

"크으으."

괴물이 낮게 으르렁거렸다. 마지막 남아 있던 한 마리가 어찌된 일인지 계단을 올라 이곳에서 서성이고 있던 모양이었다.

놈은 아직 나를 발견하지 못했다. 내 눈에도 놈의 윤곽만 겨우 보일 뿐이었다. 그 정도로 어두웠다. 놈이 고개를 홰홰 저었다. 그러고는 다시 계단을 오르려고 했다. 그 순간이었다.

지이잉!

핸드폰이 진동했다.

재빨리 버튼을 눌러 진동을 껐다.

하지만 이미 늦었다.

고개를 돌린 괴물이 내 쪽을 뚫어져라 바라봤다. 진동만 멈췄을 뿐 핸드폰 액정에는 여전히 번쩍번쩍 불이 들어오고 있었다. 확인할 것도 없었다. 아내였다.

"젠……."

그 말을 미처 다 뱉기도 전에 괴물이 달려들었다. 워낙에 움직임이 재빨라 피하지 못했다. 괴물의 이빨이 내 어깨를 파고들었다.

"으윽!"

나는 터져 나오는 비명을 억지로 참았다. 끔찍한 통증이 온몸을 뒤흔들었다. 놈은 사정없이 내 어깨를 씹어댔다.

"으아아!"

결국 참지 못하고 소리를 지르고 말았다. 사이렌 소리가 바로 아래서 들렸다. 이제 곧 수사팀이 건물로 진입할 것이다.

나는 손을 들어 놈의 얼굴을 떼어내려고 했다. 역부족이었다. 무릎이 저절로 꺾였다. 이대로 당하고 있을 수는 없었다. 엄지손가락을 놈의 눈에 찔러 넣었다. 괴물이 움찔했다. 물컹한 무언가가 손가락에 닿았다. 더 깊이, 더 힘껏 찔렀다. 피가 줄줄 흘러내렸다. 고통은 느끼지 못하지만 확실히 신체의 반응은 있었다. 놈의 입이 벌어졌다. 그 틈을 놓치지 않고 빠져나왔다. 그러고는 놈의 나머지 눈에도 내 손가락을 박아 넣었다.

"크으으."

놈이 으르렁거렸지만 상관하지 않았다. 나는 손가락 마디를 구부린 채로 온힘을 다해 놈의 안구를 잡아 뺐다. 괴물의 텅 빈 눈에서 피가 줄줄 흘렀다. 앞이 보이지 않게 된 괴물이 어둠 속을 더듬으며 비틀거렸다.

"잘 가라."

나는 그 말과 함께 놈의 가슴을 힘껏 걷어찼다.

괴물이 요란한 소리를 내며 계단을 굴렀다.

나는 미련 없이 돌아섰다. 저 멀리 몇 층 아래서 여러 개의 발소리가 들렸다. 수사팀이 올라오고 있었다.

마지막 힘을 쥐어짜내 옥상으로 올라갔다.

옥상은 제법 넓었고, 예상했던 대로 옆 건물과의 거리가 그다지 멀지 않았다. 하지만 뛰어서 건너기에는 애매했다. 그렇다고 도구를 이용할 수도 없었다. 빨랫줄이 있긴 했지만 그걸로 뭘 한다는 건 영화 속에서나 가능한 이야기일 것 같았다.

나는 난간 아래를 내려다봤다.

경찰차가 무려 넉 대나 포진해 있었다. 경광등 불빛이 현란하게 빛나고 있었다. 지금쯤 수사팀은 4층에 도착해 현장을 발견했을 것이다. 건물 구석구석을 수색하는 건 시간문제다. 결단을 내려야 했다.

옆 건물과 마주한 난간으로 다가가 얼추 거리를 쟀다. 어두워서 잘 보이지도 않았다. 어둠이 가득한 허공에 몸을 날려야 한다는 생각만으로도 식은땀이 흘렀다.

"할 수 있어!"

나는 호흡을 가다듬었다.

어깨가 미치도록 아팠다. 두 다리가 멀쩡한 것이 그나마 다행이었다. 천천히 뒤로 물러나 난간과 거리를 벌렸다.

심장이 벌렁거렸다. 제자리에서 몇 번 발을 구른 다음 온힘을 다해 달리기 시작했다. 난간이 점점 가까워졌다. 박자가 조금만 안 맞아도 아래로 떨어져 박살이 날 것이다.

"이얏!"

난간을 발로 힘껏 차며 뛰어올랐다.

옆 건물 옥상이 보였다.

생각보다 거리가 있었다.

상체를 최대한 앞으로 숙였다. 허공에 발을 굴렀다.

조금만 더…… 조금만 더…….

턱!

떨어지는가 싶던 순간 기적적으로 난간을 잡았다.

"됐다!"

좋아하는 것도 잠깐, 괴물에게 물린 오른쪽 어깨에 힘이 풀리며 난간을 놓치고 말았다. 결국 한 손으로 대롱대롱 매달리게 되었다. 7월이긴 했지만 밤바람은 차고 매서웠다. 바람이 허공에서 버둥거리는 다리 밑으로 지나갔다.

"으윽!"

나는 젖 먹던 힘까지 다해 팔에 힘을 줬다. 근육이 찢어질 것 같았다.

"내가…… 어떻게 여기까지 왔는데……."

입술을 깨물었다. 피가 배어나왔다. 손톱을 세워 난간을 붙잡은 채로 나머지 팔을 올렸다. 무지막지한 통증이 어깨를 달궜지만 억지로 참았다.

"이얏!"

결국 몸을 끌어올렸다. 다리를 난간에 걸쳐놓고 나서야 참고 있던 숨을 토해냈다. 나는 그대로 몸을 굴려 옥상 쪽으로 떨어졌다.

"하아. 하아."

옥상에 벌렁 드러누워 거칠게 숨을 내쉬었다. 밤하늘에는 별도 달도 없었다. 금방이라도 비가 쏟아질 것 같은 하늘이었다.

해냈다!

나는 말없이 주먹을 쥐었다. 기쁨과 함께 허무함과 서글픔이 밀려왔다. 하지만 그 어떤 것보다 아들을 보고 싶은 마음이 컸다. 다시 일어났다. 이제는 정말로 힘이 하나도 없었다. 비틀거리며 옥상을 나가 계단을 내려갔다. 옆 건물도 구조는 비슷했다. 4층짜리 상가였다.

욱신거리는 몸을 이끌고 1층까지 내려갔다.

드디어 입구가 보였다. 그때 갑자기 강한 불빛이 날아들었다. 나는 손으로 얼굴을 가린 채 눈을 가늘게 떴다. 누군가가 손전등을 들이대고 있었다.

"이 밤에 누구요? 뭐하는 거요?"

늙수그레한 경비원이었다.

"아! 잠깐 조사할 게 있어서요."

나는 바지 뒷주머니에서 경찰수첩을 꺼냈다. 경비원이 눈을 바싹 붙이고 수첩을 들여다봤다.

"저, 저기 옆 건물에 경찰들이 출동했던데 그거랑 관련 있는 겁니까?"

"뭐, 그렇다고 할 수 있죠. 그럼 수고하십시오."

나는 수첩을 집어넣으며 유유히 입구를 빠져나왔다. 방금 전까지 내가 있었던 두꺼비의 건물 앞에는 호기심 넘치는 사람들이 하나 둘 모여들고 있었다. 그쪽을 힐끔 바라 본 후 어둠 속에 몸을 숨긴 채 빠르게 걸었다.

지이잉!

그 순간 다시 전화가 걸려왔다. 아내였다. 나는 서둘러 전화를 받았다.

"세윤이는?"

"여보. 세윤이 괜찮아! 의식도 회복했고 바이탈도 안정됐어.

의사가 일반 병실로 다시 옮겨도 된대. 흑."

아내의 울음소리를 들으며 핸드폰을 꽉 쥐었다. 내 눈에서도 뜨거운 눈물이 흘러내렸다.

"여보. 듣고 있어? 괜찮아?"

"그래. 지금 갈게. 빨리 갈게. 다 괜찮아."

나는 전화를 끊고선 핸드폰을 주머니에 넣었다. 주머니 안에 들어있던 찌그러진 총알이 핸드폰과 닿으며 딸깍, 하는 소리를 냈다. 순간 싸한 느낌이 들었다. 뭔가가 허전했다. 나는 걸음을 멈췄다.

"장부……."

고개를 돌려 두꺼비의 건물을 바라봤다. 건물 곳곳에 환하게 불이 들어오고 있었다.

"장부."

나는 다시 한 번 중얼거렸다.

힘들고 긴 밤은 아직 끝나지 않았다.

머리가 아파오기 시작했다.

    정신을 차렸을 때는 이미 밤이었다. 사람의 혼을 빼놓는 홍
등가의 네온사인처럼 괴괴하고 요망한 달빛이 어둠 속에서 실
룩실룩 뻗어 나와 알몸 위로 미끄러졌다. 실오라기 하나 걸치지
않은 몸은 붉은 달빛 아래서 비현실적인 생동감을 띠고 있었다.
마치 정육점에 걸린 고기 같았다.

    남자는 몽롱함을 떨쳐버리려는 듯 고개를 좌우로 흔들었다.
머리가 무지근했다. 뇌가 두부처럼 흐물흐물해져서 출렁이는
것 같았다. 다행히 효과는 있었다. 처음보다 눈이 훨씬 밝아졌
다. 주위를 둘러봤다. 공사장이었다. 사람의 손길이 오랫동안
닿지 않은 듯 공사 자재며 공구들이 어지럽게 널린 폐공사장.

거친 표면이 그대로 드러난 회색 벽, 차갑게 굳은 시멘트 바닥, 짐승의 아가리처럼 쩍 벌어진 문. 황폐하고 차가운 풍경이 남자를 둘러싸고 있었다. 유달리 붉은 달빛이 뻥 뚫린 문을 통해 굼실굼실 비쳐 들었다.

남자는 쏟아져 들어오는 달빛을 바라보며 중얼거렸다.

씹할. 도대체 무슨 일이 일어난 거야?

기억을 짜내 봤지만 소용없었다. 아무것도 떠오르지 않았다. 머릿속 어딘가에 누가 손을 집어넣고 마구 휘저은 것 같았다. 뒤죽박죽 섞여버린 기억은 풀어진 뇌의 맨 밑바닥으로 가라앉아 떠오를 생각을 하지 않았다.

"젠장⋯⋯."

남자는 생각하기를 포기하고 곧바로 자신의 몸을 살폈다.

축 늘어진 성기 아래로 뻗은 다리는 아무 이상이 없어 보였다. 적당히 나온 배와 비쩍 말라 갈비뼈가 보이는 가슴께도 다를 바가 없었다. 하지만 시선이 왼팔에 이르렀을 때, 남자는 당혹감을 느꼈다.

왼팔 중 일부, 손에서 팔꿈치까지가 벽에 뚫린 구멍 속에 들어가 있었던 것이다. 정신을 차렸을 때 느꼈던 이물감과 벽에 반쯤 기댄 채 엉거주춤 앉아 있었던 이상한 자세가 설명되는 순간이었다.

본능적으로, 팔을 빼내기 위해 왼쪽 어깨가 뻐근할 정도로 힘을 줬다. 소용없었다. 구멍은 토라진 아이처럼 앙다문 입을 벌릴 줄 몰랐다. 그야말로 구멍에 매달린 형국이었다. 몇 번을 시도해도 마찬가지였다. 왼팔 전체를 비틀어 보기도 하고, 오른팔로 왼팔 윗부분을 잡고는 다리로 벽을 버티며 힘껏 당겨 봐도 고통스럽기만 할 뿐 팔은 빠지지 않았다. 남자는 원래의 자세로 돌아가 숨을 골랐다. 왼손을 움직여 봤다. 벽 저편에서, 다섯 개의 손가락이 해파리처럼 꿈틀거리는 게 느껴졌다.

"그것 참."

남자는 헛웃음을 흘렸다. 아무리 생각해도 황당한 일이었다. 일전에 편의점에서 같이 아르바이트를 하던 대학생이 소주병에 엄지손가락을 넣었다가 빼질 못해 결국 병을 깨는 걸 보며 바보 같은 놈이라고 놀렸던 게 떠올랐다.

"이건 뭐, 벽을 깰 수도 없고."

남자는 벽을 힐끗 쳐다보고는 오른손으로 사타구니를 긁었다. 달빛이 들어오는 문을 물끄러미 응시했다. 거미 한 마리가 집을 짓고 있었다. 허공에 씨줄과 날줄이 켜켜이 쌓이면서 하나의 성이 만들어졌다. 투명한 거미줄에 붉은 달빛이 걸려 핏물처럼 번졌다.

그때 바람이 불어왔다. 거미줄이 위태롭게 흔들렸다. 늦여름이었지만 밤바람은 차가웠고 덕분에 처음 정신이 들었을 때만 해도 늘어져 있던 고환이 바짝 올라붙으며 팽팽하게 당겨졌다. 독이 오른 성기가 공격본능을 불러일으킨 듯 남자는 다시 팔에 힘을 주기 시작했다. 사투는 한 시간이 넘게 계속됐지만 팔은 미동조차 하지 않았다. 오히려 무리하게 힘을 준 탓인지 왼쪽 어깨가 아팠다. 숨을 헐떡이며 원래 자세로 돌아왔다.

"에이 씹할. 뭐가 이렇게 꽉 끼었어?"

남자는 다시 한 번 구멍을 살폈지만 어두워서 어떤 상태인지 정확히 파악할 수 없었다. 날이 밝을 때까지는 꼼짝없이 기다려야 할 판이었다. 남자는 속 깊은 곳에서 가래를 그러모아 허공으로 뱉었다. 탁한 가래가 가열하게 포물선을 그렸다가 얼마 날아가지 못하고 발에 떨어졌다.

"니기미……."

눈을 질끈 감아버렸다. 깨어났을 때 느꼈던 황당함과 어이없음이 서서히 분노로 바뀌었다. 하지만 마땅한 방법이 없었고, 그 사실에 남자는 더 화가 났다. 남자는 눈을 감고 흥분을 가라앉히면서 다시 한 번 찬찬히 기억을 되짚었다.

제일 먼저 떠오른 것은 술이었다. 자신이 대낮부터 술을 마셨다는 기억.

즐겨 가던 대폿집의 풍경이 스쳐 지나갔고, 뒤이어 자신이 술을 마시게 된 계기, 다니던 공장에서 일방적으로 잘렸다는 사실이 떠올랐다. 그 외에도 떡이 되게 취해 거리를 서성였던 모

습 같은 것들이 스치고 지나갔지만 왜 구멍에 왼팔이 낀 채 버
둥거리고 있는지는 끝내 기억나지 않았다.

남자는 밤을 보낼 요량으로 몸을 잔뜩 웅크렸다. 얼어 죽을
만큼은 아니었지만 알몸이라 바람이 거슬렸다. 왼팔에 무리가
가지 않을 정도에서 두 다리를 한껏 모아 붙이고 그 위로 오른
팔을 둘렀다. 나무에 매달린 원숭이 같다는 생각을 하려던 찰
나, 벽 건너편에서 이상한 소리가 들렸다. 누군가가 훌쩍이는
소리. 아니, 숨죽여 웃고 있는 것처럼도 들리는 소리였다. 남자
는 벽에다 대고 소리쳤다.

"거기 누구요?"

그러자 일순간에 소리가 사라졌다. 벽에 귀를 대고 한참을
기다렸지만 다시 들리지 않았다. 남자는 귀로 전달되는 벽의 차
가운 단단함을 느끼며 처음으로 두렵다는 생각을 했다. 덫에 걸
려서 사방으로 피를 흩뿌리며 발광하는 짐승의 이미지가 잠시
머리를 스치고 지나갔다. 마른 침을 삼키며 다시 한 번 주위를
둘러봤다. 거미줄이 날카롭게 반짝였다.

아침이 밝았다. 떠오르는 태양은 간밤의 추위로부터 남자를
해방시켜 주었고, 더불어 새로운 활력과 희망을 선사했다. 남자
는 굳어 있던 몸을 풀며 주변을 찬찬히 둘러 봤다. 간밤에 본 그
대로였다. 앙상하게 뼈대만 세워진 상태였지만 면적만은 꽤 넓

은 폐공사장. 바닥에 깔린 방수포 위에 공구함이 놓여 있었다. 인부들은 무슨 사정이 있어서인지 공구함도 그대로 둔 채 서둘러 자리를 뜬 것처럼 보였다. 그 공구함 옆에는 낯익은 옷가지들이 잠버릇 나쁜 아이처럼 마구 널브러져 있었다. 남자는 그것 자체로도 희망을 얻었다. 팔만 뺀다면 옷을 챙겨 입고 집으로 돌아갈 수 있는 것이다. 게다가 누런색 바지 주머니 사이로 비죽이 보이는 것은 휴대 전화가 틀림없었다.

모든 것을 확인한 후, 남자는 자신의 팔을 그러쥐고 있는 벽과 구멍을 살폈다. 벽은 이쪽과 저쪽을 나눈 형태로 끝 쪽에는 문이 들어갈 자리만큼이 비어 있었다. 마감이 안 돼 거친 표면이 그대로 드러나 있었지만 특별한 구석은 없었다. 다음은 구멍이었다. 남자는 구멍의 위치가 이상하다는 생각을 했다. 어림잡아 바닥에서 80센티미터 정도 올라온 지점에 뚫린 동그란 구멍은 그 용도를 짐작할 수 없었다. 옆방으로 뚫린 구멍이라니, 짬짬이 노가다 밥을 먹어왔던 남자로서도 생전 처음 보는 공법이었다. 더욱 이상한 것은 구멍의 지름이 남자의 왼팔 두께와 같다는 사실이었다. 1밀리미터의 틈도 없었다. 심지어는 힘을 줄 때마다 점점 더 죄여오는 듯했다. 마치 거대한 생명체의 입처럼.

거기까지 생각이 미치자 온몸에 소름이 돋았다. 팔을 빼내기 위해 필사적으로 매달렸다. 결과는 마찬가지였다. 팔꿈치의 관절 부위가 구멍에 물려 있는 것이 가장 큰 걸림돌이었다. 팔을 굽힐 수가 없으니 기껏 그러모은 힘이 전달되지 않았다. 힘을 써 봐야 어깨만 아플 뿐이었다.

"아무도 없어요?"

남자는 급기야 소리를 지르기 시작했다. 고개를 길게 빼고 힘껏 외쳤다.

"있으면 좀 도와줘요."

되돌아오는 건 벽에 부딪친 자신의 목소리뿐이었다.

"거기 아무도 없냐고? 좀 도와달란 말이야. 씹할!"

아무런 대답도 들리지 않았다. 바람마저 잠잠했다. 문득 등 뒤에서 시선이 느껴졌다. 고개를 돌려봤지만 시야가 미치지 못했다. 좌우로 방향을 바꾸며 이리저리 고개를 옮길 때마다 시커먼 형제가 휙 사라지는 느낌이었다. 그럴 리 없다는 걸 알면서도, 보이지 않는 누군가의 시선이 꽂혀 있는 등의 한 부분을 시작으로 소름이 돋았다. 남자는 본디 겁이 많았다. 어릴 적 별명은 새가슴이었다. 아이들이 주먹으로 남자의 가슴을 때릴 때면 숨이 막혀왔다. 명치끝에서 바람이 빠져나가며 그렇지 않아도 작은 몸집이 더 쪼그라들었다.

남자는 술 생각이 간절했다. 술의 힘은 실로 대단했다. 쓰디쓴 소주가 목구멍을 지지며 몸 안으로 들어가는 순간, 남자는 어린 시절의 새가슴이 아니라 미친개가 될 수 있었다. 술을 마시면 없던 힘도 생겨났다. 두려움도 사라졌다. 딱 한 잔, 아니 한 모금이라도 마실 수 있다면 이따위 상황이야 금세 해결할 것 같았다.

"그래. 좋아. 이 팔만 빼면 되는 거지? 어디 한 번 해 보자."

남자는 자기 자신을 향해서, 그리고 보이지 않는 누군가를 향해서 으르렁거렸다.

그 후 반나절 동안 폐공사장에는 듣는 이 없는 절규와 외침이 가득했다. 남자는 기합과 근력과의 상관관계 같은 어려운 말은 잘 몰랐지만 큰 소리를 지르면 없던 힘도 생겨난다는 것쯤은 경험으로 알고 있었다. 하지만 소용없었다. 목이 터져라 소리를 질러 봐도 팔은 꼼짝하지 않았다. 그러다가 오줌을 쌌다. 잔뜩 힘을 준 채 팔을 끌어당기다가 자신도 모르게 오줌이 새 나온 것이다. 뜨끈한 오줌이 남자의 허벅지를 적시며 바닥으로 번져 나갔다. 노랗고 탁한 오줌 줄기가 내뿜는 역한 냄새가 코를 찔렀다. 뒤꿈치를 적시는 오줌처럼, 모멸감과 절망감이 남자의 마음속으로 스며들었다.

"으아아악!"

남자의 악다구니와 몸부림이 잦아들 때쯤 다시, 밤이 찾아왔다.

남자는 밤바람에 몸을 떨며 신문지처럼 구겨졌다. 바람이 한 번씩 불 때마다 따귀라도 맞은 듯 정신이 번쩍 들었다. 손가락 하나 움직일 힘도 없었지만 삶에 대한 욕구만은 시간이 흐를수록 강해졌다. 빳빳하게 고개를 쳐든 성기가 그 증거였다. 남자는 팔을 잡아 빼려고 용을 쓰던 틈틈이, 그리고 이내 밤이 찾아와 몸을 웅크려 달빛이 던지는 그림자만을 묵묵히 바라보던 틈틈이 자신에게 일어난 일을 파악해 보려고 애를 썼다.

기억.

표백제를 바른 듯 새하얗게 변해버린 그 기억을 되살린다면 왠지 이곳에서도 빠져나갈 수 있을 것만 같았다. 남자는 최대한 정신을 집중해서 기억을 더듬었다. 술을 마신 후부터가 문제였다. 그래, 언제나 문제는 술이었다.

남자가 처음으로 사고를 친 것도 술 때문이었다. 스물세 살 때였다. 당시 남자는 먼 친척의 소개로 지방 소도시의 공장에서 일을 하고 있었다. 컨베이어벨트 앞에 앉아 자동차 부품을 조립했는데, 단순하고 미적지근한 그 일이 남자의 적성에는 맞았다. 하지만 그곳에서도 남자는 따돌림을 당했다. 고등학교에서처럼 노골적인 폭력이나 갈취가 오가지는 않았지만 욕설과 무시는 계속됐다. 주로 남자의 굼뜬 행동과 약해 보이는 외모를 문제 삼았다. 남자는 참았다. 참는 건 자신 있었다. 실제로도 남자는 동료들이 뭐라고 하건 묵묵히 자기 일을 했다. 적어도 그 해 여름에 있었던 단합대회 때까지는 그랬다.

한여름의 태양이 이글이글 달아올랐던 그날, 남자는 평소보다 술을 조금 많이 마셨다. 아주 조금, 말 그대로 몇 잔 정도 더. 기분이 날아갈 것 같았다. 전에 없던 힘이 샘솟았다. 그때 남자의 귓가에 소리가 들렸다. 한 무리의 인간들이 자신을 두고 이리저리 흉을 보는 소리. 낄낄낄 웃음까지 더해지는 순간, 남자의 머릿속 어딘가에서 파바박 불꽃이 튀었다. 엔진이 돌아가듯 웅 하고 심장이 울렸다. 눈앞이 하얘졌다. 얼굴이 달아올랐다. 그리고 암흑.

정신을 차려보니 이미 상황은 끝난 뒤였다. 남자의 손에는 깨진 술병이 들려 있었고 머리가 터진 동료 두 명이 바닥에서 뒹구는 중이었다. 피가 흥건했다. 비명과 고함과 욕설이 스피커에서 끊임없이 울리던 뽕짝에 섞여 마치 추임새처럼 들렸다. 남자는 그 순간의 고양감을, 자위행위로는 절대 느낄 수 없었던 극렬한 쾌감을, 오랜 시간이 지나도 잊지 못했다.

대폿집에서 나온 뒤의 기억이 여전히 떠오르지 않았다. 술이 꼭지까지 올라 미친개처럼 동네를 헤집고 다녔다는 사실만은 분명했다. 여자를 샀을까? 남자는 술에 취하면 욕정이 끓어올랐다. 꽃마차의 작고 빼빼 마른 마담이나 가슴이 워낙 작은데다 얼굴까지 까매서 깜포도라 불리는 숙희네의 필리핀 계집이 남자가 주로 찾는 여자였다. 문제는 돈이었다. 자신에게 그럴 만한 돈이 있었던가? 도무지 떠오르지 않았다.

한참 머리를 싸매고 있을 때 간밤의 그 소리가 다시 들려
왔다.

남자는 재빨리 벽에다 귀를 가져다댔다. 분명했다. 벽 저 너
머에 누군가가 있었다. 여전히 희미하기는 했지만 우는지 웃는
지 알 수 없는 그 소리가 어제보다는 가까워진 느낌이었다. 남
자는 온 신경을 집중해서 귀를 기울였다. 언뜻 노래처럼도 들
렸다. 바람은 아니었다. 남자는 고함을 치고 싶은 걸 간신히 참
았다. 왠지 그러면 안 될 것 같았다. 벽에서 툭 튀어나온 자신의
왼팔을 보며 어둠 속에 앉아 있을 누군가의 모습을 그려보자마
자 심장이 쪼그라들었다.

"누, 누구세요?"

조심스레 물은 후 남자는 벽으로 스며들기라도 할 것처럼 바
싹 달라붙었다. 한동안 아무 소리도 들리지 않았다. 조용했다.
역시, 환청인가? 잘못 들은 건가? 포기하고 원래 자세로 돌아오
려는 찰나, 기다렸다는 듯 소리가 날아들었다.

히히히.

재미있는 장난에 잔뜩 신이 난, 어린아이의 웃음소리였다.

남자는 추위와 공포에 떨다가 새벽녘에 잠이 들었다. 하지만
고통 때문에 이내 일어났다. 온몸이 쑤셨다. 머리가 깨질 듯 아
팠다. 구멍에 낀 왼팔은 한겨울 동태처럼 뻣뻣해졌다가 불에 지

지듯 뜨거워지기를 반복했다. 뿌옇게 밝아오는 여명을 보며 남자는 죽음이라는 단어를 떠올렸다. 고통이 몸을 뒤흔드는 가운데도 선명하게 느껴지는 갈증은 체내의 수분이 떨어져 간다는 신호였다. 배고픔은 참을 수 있었지만 갈증은 아니었다. 팔을 빼지 못한다면 수분 부족으로 꼼짝 없이 죽을 판이었다. 그러나 아무리 생각해도 뾰족한 수가 없었다. 남자는 오른손 손톱으로 구멍 주위를 긁어내기 시작했다. 웅크리고 앉은 남자의 등으로 아침 햇살이 드리웠다. 불과 사흘 만에 앙상하게 드러난 등뼈가 버려진 공사 자재만큼이나 볼품없어 보였다.

손톱이 벗겨지며 피가 나도 남자는 멈추지 않았다. 빨갛게 살갗이 드러난 손가락을 연신 움직였다. 그렇게라도 하지 않으면 미쳐 버릴 것 같았다. 가만히 있다가는 머릿속의 회로가 엉클어지며 그대로 정신을 놓아 버릴지도 모른다는 공포가 남자를 쉴 새 없이 움직이게 만들었다. 남자는 손톱 밑으로 흥건하게 고여 나오는 피를 빨았다. 입안을 적시는 수분이 못 견디게 달콤했다. 피를 삼켰다. 몇 번 같은 행동을 반복했다. 그러자 머릿속에 한 가지 이미지가 떠올랐다.

피.

새빨갛고 끈적끈적한 피.

대폿집에서 나와 구멍에 팔이 낀 채로 정신을 차리기까지의 시간 동안 분명 어딘가에서 피를 봤다. 남자는 기억을 되짚었다. 미간을 찌푸리고 집중했다. 흙탕물처럼 탁한 머릿속으로 손을 집어넣어 뭐라도 걸리길 기대하며 휘휘 젓고 싶은 심정이었다. 스물세 살 그때 이후로 꼭지가 돌 때까지 술을 마신 뒤에는 어김없이 필름이 끊어졌다. 그리고 정신을 차리고 보면 이미 사건은 벌어진 뒤였다. 공사장에서 같이 일하던 인부를 때려눕혔던 적도 있었다. 지하철에서 시비가 붙어 치고받고 싸운 적도 있었다. 술집 테이블을 뒤엎기도 했고, 주차해 놓은 자동차의 사이드미러를 박살내기도 했다.

그 정도는 양호한 편이었다. 술에 취해서 인사불성이었다는 변명이 통할 정도는 되었으니까. 술을 많이 마셔서 기억이 나지 않습니다. 이 말 한 마디면 첫 번째 사건이 그랬던 것처럼, 대부분 합의를 보는 선에서 마무리가 되었다. 직장에서 수시로 잘리고 돈이 깨지긴 했어도 최악의 상황만큼은 면할 수 있었다.

문제는 스물아홉 무렵에 저질렀던 강간 미수였다. 이번에도 남자는 전혀 기억하지 못했다. 깨어나 보니 경찰서였고 고등학교를 갓 졸업한 미성년자를 건드린 강간 미수범이 되어 있었다. 남자는 진짜로 겁을 먹었다. 인생이 끝났구나 싶었다. 재수 없고 졸렬한 인생이지만 감방에서 썩고 싶지는 않았다.

놀랍게도, 남자의 걱정과는 달리 이번에도 그 변명이 먹혔다. 술을 많이 마셔서 기억이 나지 않습니다. 심신미약이라는 그럴듯한 용어가 따라붙기는 했지만 효과는 마찬가지였다. 집행유

예. 감방행은 면했다.

남자에게 술은 면죄부였다. 기억하지 못하는 건 문제가 아니었다. 알코올이 몸 안 가득 차올라 뇌가 흐물흐물해지는 그 순간, 소심하고 겁 많은 남자가 전혀 다른 존재로 변하게 되는 그 순간, 짜릿한 쾌감이 혈관을 타고 구석구석으로 흐르는 그 순간이 중요했다. 그러나 지금은 아니었다. 지금은, 무엇이든 기억해 내야 했다. 꽉 틀어 막힌 기억의 물꼬만 튼다면 팔을 뺄 수 있을 것만 같았다. 남자는 구멍을 긁던 일도 잊은 채 생각에 몰두했다. 술과 피. 그 사이에 분명 무슨 일이 있었다.

돌연 강한 바람이 불어온 것은 남자가 한참 생각에 빠져 있을 때였다. 엄청난 먼지와 함께 문을 비집고 들어온 바람 때문에 남자는 순간적으로 눈을 뜰 수가 없었다. 머리칼이 날리고 널브러진 공사 자재들이 넘어질 정도로 세찬 바람이었다. 바람은 한동안 불어제치다가 긴 꼬리를 남기고 사라졌다. 남자는 발가락에 낯선 감촉이 느껴진다는 사실을 깨닫고 살며시 눈을 떴다. 바람에 날려 온 비닐이 오른쪽 새끼발가락을 건드리고 있었다. 남자는 비닐을 한눈에 알아봤다. 공구함 밑에 깔려 있던 방수포였다. 방금 전 불어 온 바람이 공구와 옷가지 밑에서 너덜거리던 방수포의 끝자락을 발가락 근처까지 옮겨 준 것이다. 남자는 환호성을 질렀다. 너덜거리는 모양새가 위태로워 보이기는 했지만 잘만 하면 공구들을 당겨올 수도 있을 것 같았다.

"조심하자. 조심해."

남자는 다짐하듯 중얼거린 후 오른쪽 다리를 최대한 뻗었다. 발레리나처럼 발바닥을 잔뜩 펴서 일자로 만들었다. 장단지가 심하게 당겨왔지만 개의치 않았다. 엄지발가락이 방수포에 닿았다. 사타구니 근처가 부들부들 떨렸다. 오른쪽 발은 이미 쥐가 나서 발가락이 뒤틀렸다. 남자는 이를 악물고 방수포를 향해 서서히 발을 내렸다. 거의 모든 발가락이 방수포 위에 올려졌고, 그쯤이면 방수포를 당길 수 있을 것 같았다. 남자는 천천히 발가락에 힘을 줬다. 무거운 공구함 때문인지 방수포는 쉽게 끌려오지 않았다. 거친 시멘트 표면에 발가락들이 쓸리며 발갛게 벗겨졌지만 남자는 포기하지 않았다. 당기고 또 당겼다.

"그래. 그래. 씹할. 조금만 더. 그래."

발가락에서 새어 나온 피가 방수포 위에 묻었다. 서서히 희망이 보이기 시작했다. 확실히 공구함도 움직였다. 남자의 몸에 땀이 맺혔다. 발가락이 부들부들 떨렸다. 지루하고 고통스러운 작업은 십여 분간 계속됐다. 방수포는 탄력을 받은 듯 곧잘 끌려와 남자의 발과 공구함 사이의 거리는 불과 삼십 센티미터 정도밖에 남지 않았다. 남자는 집중할 때 늘 그러는 것처럼 아랫입술을 비죽이 내밀고 어금니를 깨물었다.

"좋아. 간다. 옳지. 옳지. 좋아."

천천히, 천천히 방수포가 끌려왔다. 이십오 센티미터. 그리고 이십 센티미터. 쥐가 난 남자의 발은 엄지발가락과 나머지 발가락과의 사이가 점점 벌어지면서 기괴한 모양으로 꺾여 갔다. 남자는 고통을 참으며 방수포를 당겼다. 그때였다. 바닥 위로 툭 솟아올라 있던 시멘트 부스러기에 방수포가 걸리면서 끝부분이 절반이나 찢어졌다. 남아 있는 부분은 손가락 한 마디가 채 되지 않았다.

"아, 안 돼. 안 돼."

금방이라도 울음을 터트릴 것 같은 표정을 지으며 남자는 남은 힘을 모았다. 아무리 봐도 한 번에 확 당기는 수밖에 없을 것 같았다. 이십 센티미터 정도면 가능할 것이다. 고통으로 쪼개지는 발가락에 마지막 힘을 주며 있는 힘껏 당겼다.

찌지직.

절망적인 소리와 함께 방수포가 속절없이 찢어졌다. 공구함은 여전히 그 자리, 이십 센티미터 떨어진 곳에 있었고 방수포만이 그의 미칠 것 같은 마음을 대변하듯 찢어져서 펄럭였다.

"이런 씹할! 으아아아!"

절규는 공사장 안을 맴돌다 바람이 그랬던 것처럼 긴 꼬리를 남기고 사라졌다.

남자는 절망과 분노, 그리고 슬픔과 두려움이 뒤섞인 울음을 쏟아냈다. 침과 콧물을 흘리며 정신없이 울었다. 바닥을 내리치고 머리로 벽을 들이박았다. 선명한 아픔만큼 자신이 처한 상황이 잔인할 정도로 확실하게 각인됐다. 죽을 것이다. 그 생각이 든 것과 동시에 남자는, 부질없는 일인 줄 알면서도 다시 소리를 지르기 시작했다. 살려 달라고 외치는 남자의 모습은 흡사 거꾸로 매달려 몽둥이찜질을 당하기 전의 비루먹은 개 같았다. 아니면 거미줄에 걸려 버둥대는 파리처럼도 보였다. 항문에서 생똥이 비어져 나왔다. 남자는 구멍에 왼팔을 물린 채로 한참을 발광하다가 까무룩 정신을 잃었다. 그 순간 벽 건너편에서 노랫소리가 울려퍼졌다. '개나리 노란 꽃그늘 아래'로 시작하는 동요였다. 노래 중간에 키득키득 웃음소리가 더해졌다. 노래는 한동안 계속됐다.

형광등이 켜지듯, 남자의 의식이 서서히 돌아왔다. 다시 밤이었다. 잊고 있었던 고통이 엄습했다. 남자는 신음을 뱉었다. 발가락부터 손가락까지 아프지 않은 곳이 없었다. 특히 왼쪽 어깨의 통증이 상당했다. 오랫동안 같은 자세로 움직이질 못했으니 어쩌면 당연한 일이었다. 밤이 되어 공기가 싸늘해졌고, 상처들은 더 비명을 질렀다. 남자는 한동안 눈을 뜨지 못했다. 눈뜰 힘도 없었다. 목이 말랐다. 바싹 타 들어간 입술을 혀로 핥았지만 혀에도 수분이 없기는 마찬가지였다.

　남자는 정신을 차린 것과 동시에 몇 가지 기억을 떠올렸다. 머릿속에 엉겨붙어 있던 진득한 안개가 조금씩 걷히며 단편적이긴 하나 선명한 이미지들이 되살아났다. 남자는 눈을 감은 채로, 고통을 느끼면서, 기억들을 조합해 나가기 시작했다. 술을 마신 후 남자는 꽃마차를 찾았다. 돈이 없다고 문전박대를 당했다. 마담을 한 대 후려쳤던가? 그런 것도 같고 아닌 것도 같았다. 남자는 비틀거리며 길을 걸었다. 행인과 시비가 붙었던가? 그런 것도 같고 아닌 것도 같았다. 편의점에 들어가 팩소주 하나를 샀다. 돈을 냈던가? 그런 것도 같고 아닌 것도 같았다.

　아랫도리가 근질근질했다. 어디서든, 어떤 구멍이라도 있으면 박아 넣고 싶었다. 남자는 벌게진 눈으로 주위를 휘휘 둘러봤다. 눈이 마주친 여자들은 죄다 시선을 피했다. 웃었던가? 그런 것도 같고 아닌 것도 같았다. 노랫소리가 들렸다. 동요였다. 남자는 발걸음을 멈췄다. 초등학교 6학년쯤 되었을까, 작고 아담한 여자아이가 쪼그리고 앉아 노래를 부르며 바닥을 내려다보고 있었다. 바닥에는 사탕이 떨어져 있었다. 여자아이는 사탕에서 눈을 떼지 못했다. 사탕은 흙을 잔뜩 묻힌 채 내리막길 아래로 데굴데굴 구르는 중이었다.

　"얘."

　남자가 여자아이를 불렀다. 노래가 끝났다. 여자아이가 남자를 올려다봤다. 동시에 사탕이 밑으로 속절없이 굴러 내렸다. 어딘가 모자라 보이는 인상이었다. 술에 잔뜩 취해도 그런 것쯤은 알 수 있었다. 마치 초점이 맞지 않은 사진을 보는 것 같았다. 여자아이는 남자를 보고 히히히 웃었다. 남자도 웃었던가? 이번에는 확실했다. 웃었다. 아주 환하게. 남자는 빳빳하게 곧추 선 성기를 문지르며 여자아이에게 물었다.

"사탕 사줄까?"

다시 소리가 들리기 시작했다. 남자는 눈을 떴다. 심장이 튀어나올 것처럼 뛰었다. 벽 건너편에서 누군가가 울고 있었다. 울음은 곧 찢어질 듯한 웃음으로 바뀌었다. 여자아이였다. 그 아이. 웃음은 또 노래로 변했다.

개나리 노란 꽃그늘 아래
가지런히 놓여 있는 꼬까신 하나
아기는 사알짝 신 벗어 놓고
맨발로 한들한들 나들이 갔나
가지런히 놓여 있는 꼬까신 하나

노랫소리는 점점 가까워졌다. 벽 저 너머의 왼팔이 예민한 더듬이처럼 공기의 움직임을 감지해 냈다. 끈적끈적한 어둠을

212

헤치고 여자아이가 남자를 향해 다가오고 있었다. 어두웠다. 달빛마저 들지 않았다. 여자아이의 발소리가 들리는 듯했다. 절뚝절뚝. 절뚝절뚝. 아이는 몸도 불편했다. 남자의 손에 이끌려 폐공사장으로 오는 내내 다리를 절었다. 남자는 그 독특한 걸음걸이가 거슬렸다. 절뚝절뚝. 발소리는 벽을 경계로 남자의 왼팔을 지나쳐 끝 쪽, 문이 있어야 될 자리까지 쭉 이어졌다. 남자는 필사적으로 고개를 꺾었다. 보이지 않았다. 자세를 이리저리 바꿔 봐도 날선 통증이 엄습할 뿐 여자아이의 모습은 보이지 않았다.

"그런 거야? 엉?"

남자는 허공에 대고 소리쳤다. 질문에 답하듯 키득키득, 여자아이가 웃었다.

"그런 거냐고, 씹할!"

등 뒤에 있었다. 한기가 느껴졌다. 노랫소리가 멈췄다. 여자아이가 남자를 처음 올려다봤을 때처럼. 이번에는 내려다보고 있겠지. 남자는 숨을 쉬기가 힘들었다. 작고 비좁은, 그래서 산소가 금방 달아나는 냉동고에 갇힌 것 같았다. 다시 왼팔에 힘을 주기 시작했다. 달아날 생각이었다. 그 방법밖에 없었다. 팔을 빼고 뛰기 시작한다면 절뚝발이 모자란 애새끼 따위 쫓아오지도 못하리라. 남자는 용을 썼다. 안 되는 줄 알면서도. 다시 노래가 시작됐다. 중간 중간 울음과 웃음이 섞여 들었다. 그때도 그랬다. 여자아이는 남자를 따라오면서도, 그리고 남자의 배 밑에 깔리면서도 그 세 가지를 반복했다. 여자아이의 차가운 입 김이 남자의 목덜미에 닿았다.

"잘못했어. 잘못했어."

남자는 울부짖었다.

"내가 술 때문에 정신이 없었어. 미안해."

언제 어디서든 통하던 변명을 남자는 주문처럼 되뇌었다. 그래, 모든 것은 술 때문이었다. 두 달 정도 다니던 공장에서 일방적으로 해고된 것도 술을 마시고 사고를 친 탓이었다. 라인 반장을 때렸던가? 잘 기억나지도 않았다. 해고를 당해서, 땡전 한 푼 받지 못하고 쫓겨나서 화가 났다. 그래서 술을 마셨다. 평소보다 조금 더 많이, 딱 몇 잔쯤 더. 처음에는 그저 좀 만지며 놀고 싶었다. 그뿐이었다. 사탕은 정말로 사 줄 생각이었다. 남자는 여자아이가 그럴 줄은 몰랐다. 순순히 당하거나 조금 앙탈을 부릴 거라고만 예상했다. 그렇다면 몇 대 쥐어박아 줄 작정이었다.

공사장에 도착해 여자아이의 옷에 손을 대자마자 비명을 지르기 시작했다. 날카롭고 선명한, 방금 전까지 질질 짜거나 실실 웃어대던 반편이가 내지른다고는 상상할 수 없는 비명이었다. 남자는 당황했다. 동시에 욕정이 끓어올랐다. 순식간의 일이었다. 남자는 여자아이를 내리누르며 바지를 벗어 던졌다. 뺨을 때렸다. 아이가 남자를 노려봤다. 순간 이상한 일이 벌어졌다. 벗어놓은 바지에서 벨트가 빠져나와 남자의 목을 휘감고 조르기 시작했다. 뒤틀린 여자아이의 입에서 침이 흘러나왔다. 남자도 침을 흘렸다. 눈알이 튀어나왔다. 남자는 오른손으로는 벨트를 잡고, 왼손을 뻗어 여자아이의 목을 졸랐다. 가늘고 앙상한 목이었다. 그 걸음걸이처럼 쩔뚝쩔뚝 불규칙하게 맥박이 뛰었다. 폐공사장 전체가 덜덜 떨렸다. 남자는 힘을 빼지 않았다. 계속, 계속 눌렀다. 정신이 아득해지며 눈앞에서 불꽃이 번쩍였다. 웃었던가? 그런 것도 같고 아닌 것도 같았다. 분명한 것은 술 때문이라는 사실이었다. 모든 게 술 때문이었다.

여자아이가 비명을 질렀다.

차가운 비명이 남자의 뼛속까지 파고들었다. 분노, 공포, 슬픔이 마구 뒤엉킨 비명은 공사장의 벌거벗은 벽에 부딪혀 거대한 공명을 만들어냈다. 남자는 몸을 웅크렸다. 미안하다고, 술 때문에 기억이 나지 않는다고 계속해서 소리치고 싶었지만 목소리가 나오지 않았다. 그러쥐고 있던 벽 너머의 왼손이 자신의 의지와는 상관없이 움직였다. 손가락이 하나 둘 펴지더니 서서히 뒤로 꺾이기 시작했다. 무시무시한 고통이었다. 엄지가 부러지고 검지가 부러졌다. 나머지 손가락들도 제각각 다른 방향으로 부러졌다. 남자는 토했다. 울었다. 바싹 말라버린 줄 알았던 몸 안에서 끊임없이 눈물이 새어 나왔다.

여자아이가 웃었다. 비명만큼 날카로운 웃음이었다.

남자는 알고 있었다. 그저 모른 척 하고 싶었을 뿐이었다. 술에 취해 인사불성이 된 순간에도, 전문전인 용어로 심신미약인 상태에서도 내면의 한 지점은 멀쩡하게 깨어 있었다는 사실을, 남자는 이미 알고 있었다. 남자는 구멍 이편에 서서 저편을 바라보며 차갑게 웃곤 했다. 술이라는 구멍을 통과한 남자의 일부분은, 그것이 주먹이든 성기든, 훌륭히 임무를 완수해 내고 이내 자취를 감추었다. 그리고 남자는 일부러 구멍을 메웠다. 기억의 문을 닫았다.

여자아이가 울었다.

이번에는 남자의 성기가 이상한 각도로 구부러졌다. 고환이 팽팽하게 당겨져 올라갔다.

"안 돼!"

남자는 소리쳤다. 눈에 핏발이 섰다.

"내 잘못이야. 이제 다 기억나. 내 잘못이야. 벌을 받을게. 제발 풀어줘."

남자는 다시 울부짖었다. 친구들에게 얻어맞고 빌 때처럼, 아직 남자의 마음속에 검은 그림자가 짙어지기 전 그때처럼 진심을 다해 외쳤다. 성기가 줄 풀린 인형처럼 툭 떨어졌다. 순식간에 공기가 빠져나가는 듯한 느낌이 들었다. 한기가 물러갔다.

여자아이의 소리도 사라졌다. 구름 사이로 달이 얼굴을 내밀었다. 붉은 달빛이 어둠 속에서 실룩실룩 뻗어 나와 알몸 위로 미끄러졌다. 남자는 울다가 웃다가를 반복했다. 실오라기 하나 걸치지 않은 벗은 몸은 붉은 달빛 아래서 마치 정육점에 걸린 고기처럼 비현실적인 생동감을 띠고 있었다.

"고마워. 정말 고마워. 이제 이 팔도 빼 줘야지. 응?"

남자는 어둠 속 어딘가에서 도사리고 있을 여자아이를 향해 말했다. 하지만 대답은 돌아오지 않았다. 팔도 그대로였다. 한소끔 끓여낸 공포가 다시 맹렬하게 달아올랐다. 남자는 팔을 잡아 빼기 시작했다. 그때 공구함이 스르르 움직였다. 군데군데 녹이 쓴 그 네모난 철제 상자가 미끄러지듯, 사탕이 오르막길을 저 혼자 굴러 올라가듯 남자에게로 다가갔다. 남자는 숨을 죽였다. 현기증이 날 것만 같았다. 자신의 애원에 대한 여자아이의 답인 듯했다. 남자는 재빨리 오른팔을 뻗어 공구함을 낚아채고 싶다는 마음과 최대한 신중히 움직이자는 마음 사이에서 갈등하며 손을 내밀었다. 무엇이 들어 있을까? 드라이버? 망치? 무엇이든 구멍에서 빠져나오는 데 도움이 될 물건임에는 틀림없었다.

남자는 공구함 손잡이를 잡았다. 차가웠다. 흠칫 놀라 손을 뗐다. 어둠에 싸인 주위를 한 번 둘러본 후 남자는 다시 손을 뻗었다. 공구함을 열었다. 한손으로도 충분했다. 달빛이, 기다렸다는 듯이 붉고 긴 혀를 공구함 안으로 내밀었다.

쇠톱이 들어 있었다. 그것이 여자아이의 대답이었다.

남자는 오랫동안, 아주 오랫동안 쇠톱을 바라봤다. 벽 건너편에서 다시 소리가 들리기 시작했다. 울음인 듯, 웃음인 듯, 노래인 듯.

여자아이는 남자를 놓아 줄 마음이 없었다. 아직은.

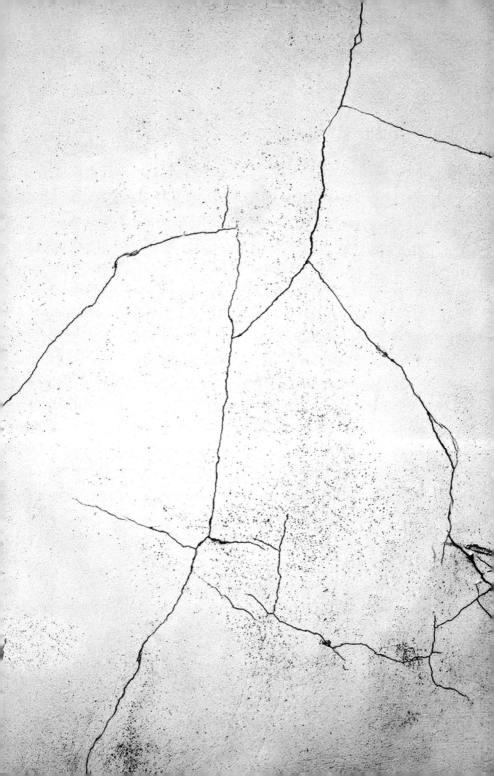

크고 검은 존재

CAUTION CRIME

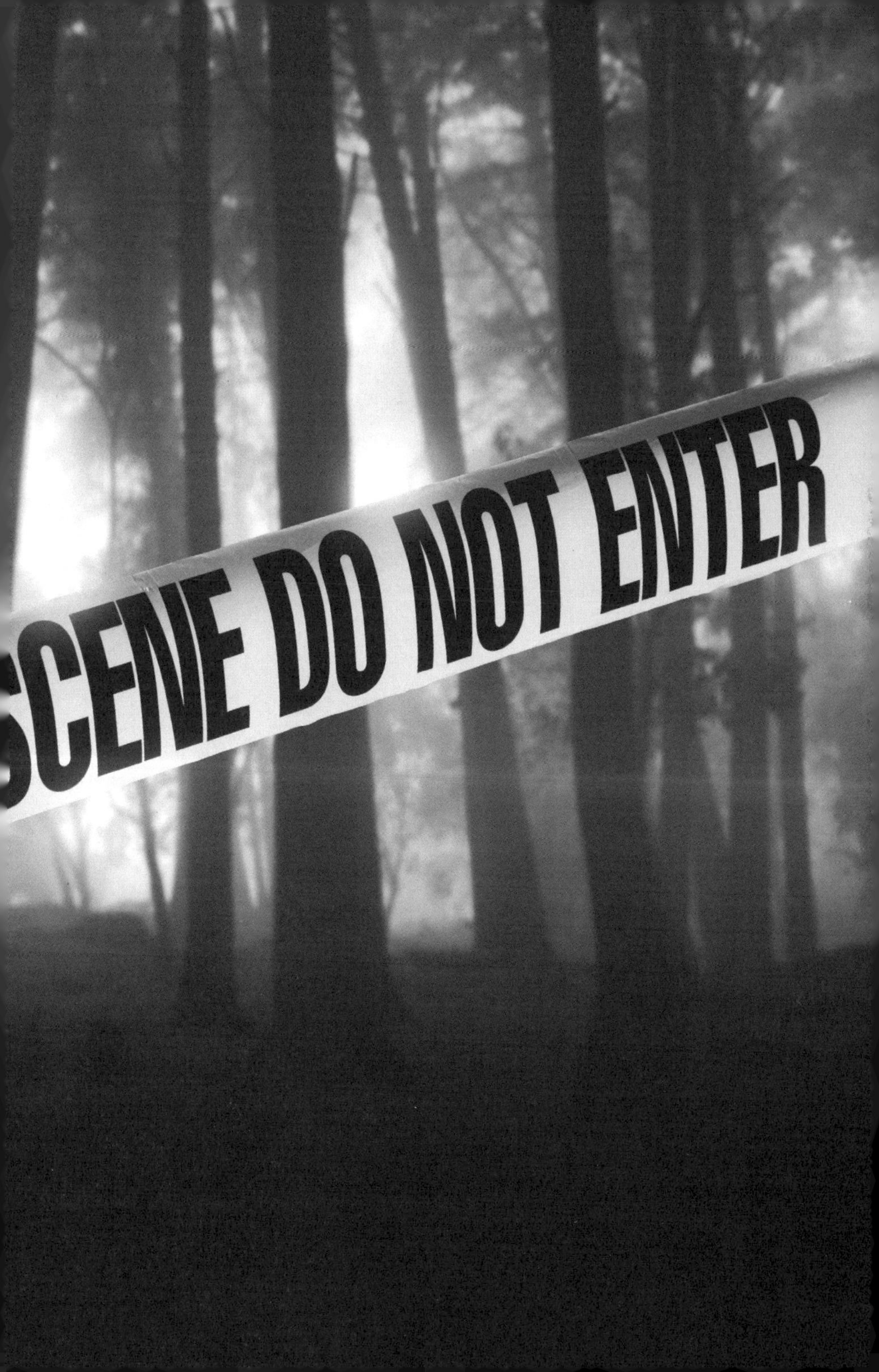
SCENE DO NOT ENTER

희수는 숨을 몰아쉬면서도 걸음을 멈추지 않았다. 벌써 해가 졌다. 7월이라 낮이 길어졌다고는 하지만 깊은 숲은 역시 달랐다. 게다가 바람 끝이 축축했다. 딱히 일기예보를 확인한 건 아니지만 비가 쏟아지리라는 건 하늘만 봐도 알 수가 있었다. 별빛조차 없는 컴컴한 하늘 위로 시커면 먹구름이 몸피를 불려가고 있었다.

조금만 더 가면 오늘 밤 묵을 산장이 나온다. 산길 초입에서 만난 노인에게 받은 안내도에는 분명히 그렇게 나와 있었다. 문제는 조금이 한참이나 지났는데도 여전히 가파르고 울창한 산길만 나온다는 사실이었다.

'철제 계단을 올라 20여 미터를 가면 산장이 나옴.'

안내도에 적힌 설명이었다. 철제 계단은커녕 그 흔한 표지판도 보이지 않았다. 아무래도 길을 잘못 든 모양이었다.

'난감한데……'

아랫입술을 깨물며 하늘을 올려다봤다. 언제 비가 내릴지 알수 없는 상황이었다. 캠핑 장비는 챙겨오지 않았다. 다른 짐만으로도 진이 빠질 지경이었다. 사실 그래서 계획이 틀어졌다. 짐이 생각보다 훨씬 무거웠기 때문이다. 원래 계획대로라면 지금쯤 욕조에 따뜻한 물을 받고 앉아 맥주 한 병과 함께 목욕을 즐기고 있어야 했다.

잠시 걸음을 멈춘 뒤 주변을 살폈다. 손전등으로 이곳저곳을 비추며 하산할 길이 있는지 찾아봤다. 길을 잘못 든 게 분명하지만 왔던 길을 되짚어만 간다면 분명히 산 아래에 도달할 것이다. 맨몸으로 깊은 산속에서 하룻밤을 보낼 수는 없었다. 더군다나 비까지 온다면 그야말로 최악이었다. 그 전에 무슨 일이 있어도 산을 내려가야 했다.

희수는 다시 걸음을 서둘렀다. 왔던 길을 되돌아 거의 달리다시피 발을 옮겼다. 아직까지 체력은 넉넉했다. 각종 운동은 물론이고 산행으로 다진 체력이었다. 힘이 들긴 하지만 쉽게 무너질 희수가 아니었다. 그랬다면 애초에 이런 계획을 세우지도 않았을 것이다.

길은 내리막으로 이어졌다. 좋은 징조였다. 어쨌든 목적지는
아래에 있었으므로.

그때였다. 우거진 풀숲 쪽에서 부스럭거리는 소리가 들려왔
다. 꽤 덩치가 있는 무언가가 풀숲을 헤치며 달려오고 있었다.

'멧돼진가?'

처음 든 생각은 그것이었다.

멧돼지라면 큰일이었다. 산속에서, 그것도 밤중에 멧돼지를
만나는 건 최악의 상황이었다. 무기로 쓸 만한 건 혹시나 해서
챙겨온 등산용 나이프뿐이었다. 멧돼지의 엄니에 비하면 장난
감 수준이었다.

희수는 산길을 미친 듯이 달려 내려갔다. 숨이 턱 끝까지 찼
다. 부스럭거리는 소리는 점점 가까워졌다. 손전등이 마구 흔들
리면서 귀신처럼 늘어진 활엽수 가지들이 보였다가 사라졌다
가를 반복했다. 오싹한 기운이 희수를 덮쳐왔다. 자기도 모르게
뒤를 돌아봤다. 그 순간 돌부리에 발이 걸리고 말았다.

"아!"

희수는 달려 내려오던 기세 그대로 고꾸라졌다. 넘어지는 순
간 큰일 났다 싶었다. 반사적으로 팔을 내밀어 땅을 짚으려 했
지만 한발 늦고 말았다. 희수는 울퉁불퉁한 산길에 머리를 찧으
며 정신을 잃었다.

동생 지수의 전화를 받은 건 어제 새벽이었다.

"언니. 내가 그 인간을 죽였어."

지수는 잔뜩 쉰 목소리로 그렇게 말했다. 떨지도 않았고 울지도 않았다. 평소에 근황을 전하던 그대로의 말투였다. 그래서였을 것이다. 결국 올 것이 오고야 말았다는 당연한 느낌을 받은 것은.

"내가 갈게."

희수는 짧게 말한 후 전화를 끊었다. 애초에 살갑고 길게 말하는 사람이 아니었다. 말을 할 시간에 행동으로 뭔가 보여줘야 한다는 게 희수의 생각이었다. 그 생각 그대로, 희수는 재빨리 옷을 챙겨 입은 후 쓸 만한 물건을 모조리 배낭에 담아 집을 나섰다. 희수의 집에는 웬만한 공구가 다 있었다. 사람 하나가 들어갈 만큼 큰 배낭도. 물론 그 인간을 배낭에 통째로 넣는 일은 없을 것이다. 톱을 챙겨가니까.

희수의 머릿속에는 계획이 다 서 있었다.

차를 몰아 지수의 집에 도착했을 때 동생은 현관 앞까지 나와 있었다. 얼굴에는 훈장처럼 멍 자국이 가득했다.

"아무리 죽었어도 그 인간이랑 같이 있기 싫어서."

지수는 밖에 나와 있는 이유를 그리 설명했다. 그러곤 덧붙였다.

"사실 죽어서 더 께름칙한 것도 있지만."

께름칙하다.

희수가 그 인간을 처음 봤을 때 느낀 감정이었다. 멀끔하게 생겼고 생글생글 잘 웃었지만 어딘지 모르게 께름칙했다. 지수가 결혼하고 싶은 남자가 생겼다며 소개한 마당에 인상을 쓸 수는 없어 마주 웃긴 했지만 께름칙함은 함께 식사하는 내내 지워지지 않았다.

"지수, 제겐 딸 같은 존재란 거 아시죠?"

식사가 끝나갈 때쯤 희수는 그 인간을 향해 물었다. 일찍이 부모를 잃고 여덟 살 어린 동생을 손수 키워 온 희수였다. 딸 같다는 말에는 조금도 과장이 들어가 있지 않았다. 희수는 과장을 보태 말하는 사람이 아니었다.

"그럼요. 그래서 제가 더 아끼고 사랑하겠습니다. 처형 걱정 안 하시게."

처형이라……

남들이라면 그저 넉살 좋다고만 생각했을 테지만 희수는 아니었다. 결혼 허락도 하지 않았는데 호칭부터 들이대는 것도 마음에 안 들었고 그 단어를 말할 때의 행동도 영 거슬렸다. 그 인간은 마치 농담이라도 하듯 한쪽 다리를 달달 떨고 있었다.

그때 반대했어야 했는데.

지수가 울고불고 난리를 치더라도 과감히 반대를 했어야 했다고, 희수는 내내 후회를 했다.

툭.

뺨에 닿는 차가운 감촉에 희수는 눈을 떴다. 서서히 의식이 돌아왔다. 자신에게 무슨 일이 일어난 건지도 생생하게 떠올랐다. 희수는 섣불리 움직이지 않고 넘어진 그 상태에서 자신의 몸 구석구석을 점검했다. 먼저 손가락과 팔을 움직여 보았고 다음에는 머리를 살짝 들어보았다. 두통이 심하긴 했지만 상처가 난 것 같지는 않았다. 다음은 허리였다. 문제없었다. 이번에는 다리와 발목이었다.

"윽!"

왼쪽 발목을 돌렸을 때 극심한 통증을 느꼈다. 부러진 것 같지는 않지만 심하게 삔 모양이었다. 그 외에는 다 괜찮았다. 자신을 쫓아오던 그것도 이제는 흥미를 잃고 떠난 듯했다.

희수는 천천히 몸을 일으켜 똑바로 앉았다. 역시 왼쪽 발목이 불편했다. 등산화를 벗고 확인해보지 않아도 심하게 부었다는 걸 느낄 수 있었다. 이런 다리로는 산을 내려갈 수 없었다. 게다가 희수를 깨웠던 빗방울이 점점 굵어지고 있었다. 비가 내리기 시작한 것이다. 설상가상 손전등이 없었다. 넘어질 때 어디론가 날아간 것 같았다.

이런 어둠 속에서 손전등 없이 움직일 수는 없었다. 핸드폰 라이트가 있다고는 하지만 손전등에 비할 바가 아니었다. 희수는 급히 주위를 둘러봤다. 저만치 떨어진 곳에서 불빛이 어른거리고 있었다.

'저기 있다!'

희수는 주변에 널려 있는 나뭇가지 중 제일 굵고 긴 놈 하나를 골랐다. 그걸 짚으며 일어났다. 빗방울이 모자챙을 때렸다. 왼쪽 다리는 아예 디딜 수가 없었다. 할 수 없이 지금 막 찾아낸 지팡이에 의지해 손전등이 있는 곳까지 갔다.

손전등은 등산로를 한참 벗어나 가파른 비탈길 아래 바위 위에서 구르고 있었다. 손을 뻗기에는 멀고, 그렇다고 비탈길을 내려가기에는 다리가 성치 않아 부담이 컸다. 한참 궁리하던 희수는 지팡이를 뻗었다. 손전등 뒤에는 손목에 걸 수 있는 스트랩이 달려 있었다.

"저기에 걸기만 하면 돼."

다짐이라도 하듯 그렇게 중얼거린 후 희수는 지팡이를 손전등 가까이 댔다. 다행히 스트랩은 벌어져 있었다. 지팡이를 끼우기가 그렇게 어려워 보이진 않았다.

'조금만 더…… 조금만 더.'

"됐다!"

지팡이에 스트랩을 걸었다. 그 순간이었다. 말로는 설명할 수 없는 섬뜩한 기운이 등 뒤로 날아들었다. 그것이 무언가의 시선이라는 사실을 깨닫자마자 희수는 고개를 돌렸다. 비가 쏟아질 뿐 숲에는 아무것도 없었다. 그저 어둠뿐이었다.

"아!"

뒤를 돌아본 대가는 처참했다. 살짝 균형을 잃으면서 지팡이가 흔들렸고 그 바람에 손전등이 떨어진 것이다. 아예 바위 너머로, 끝이 보이지 않는 비탈길 아래로 손전등은 사라져 버렸다.

희수는 주먹을 불끈 쥐었다. 화가 치밀어 올랐지만 그걸 표출하지는 않았다. 멍청했던 행동 때문에 화를 내면 그것이 더 멍청한 결과를 낳는 경우를 희수는 많이 봐왔다. 희수는 미련 없이 일어났다. 꼼짝없이 핸드폰 라이트에 의지해 비 내리는 산길을 내려가야 할 판이었다.

'할 수 없지.'

주머니를 뒤져 핸드폰을 찾은 뒤 희수는 고개를 들었다. 그때였다. 비탈길 아래 저 멀리 나무들이 우거진 사이로 제법 큰 불길이 보였다. 마치 희수가 고개를 들길 기다리고 있었다는 듯 불길이 피어오른 것이다.

산불은 아니었다. 분명 누군가가 일부러 불을 피운 것 같았다. 그렇다면 사람들이 있다는 소리고 잘하면 도움을 받을지도 모를 일이었다. 잠자리를 구하진 못해도 손전등 하나쯤 빌릴 수 있지 않을까?

희수는 그런 희망을 품으며 불길을 향해 절뚝절뚝 걸어갔다.

"실수였어! 정말 실수였어, 언니. 칼을 들고 나를 찌르겠다고 하잖아. 술에 잔뜩 취해서는. 근데 이번에는 진짜로 그럴 것 같았어. 눈빛이 그랬어. 그래서 안방으로 도망을 쳤거든. 따라오더라고. 그러다가 칼을 떨어뜨렸는데 그걸 내가 먼저 잡았어. 그러곤……."

"됐어. 그건 어디 있어?"

주절주절 떠들어대는 동생의 말을 자르며 희수는 집 안으로 들어갔다. 실수건 고의건 중요하지 않았다. 적어도 희수에게는 그랬다. 만약 지수가 죽이지 않았다면 언젠가 희수가 죽였을지도 모른다. 그 인간은 그래도 싼 놈이었다.

"거실에. 피가 잔뜩 흘러서…… 어휴."

언니를 만나 긴장이 풀렸는지 지수는 그제야 떨기 시작했다. 그럴수록 희수의 마음은 평온했다. 큰 걱정거리 하나를 덜었으니까. 이제 그걸 잘 치우기만 하면 아무런 문제도 없을 것이다. 사랑하는 동생이 피범벅이 된 채 응급실에 실려 가는 일도 없고, 툭하면 돈을 빌려 달라던 그 인간의 전화를 받을 일도 없을 것이다.

쓰러져 죽은 그 인간 위에 이불이 덮여 있었다.

"그냥 두기가 뭐해서……."

지수는 자꾸 말끝을 흐렸다.

희수는 그런 동생의 손을 꼭 잡았다.

"잘 들어. 넌 잘못한 게 없어. 이건 언젠가 했어야 하는 일이야. 그게 지금이 되었을 뿐이고. 그러니까 걱정할 필요 없어. 이 뒤의 일은 언니가 다 처리할게. 대신에 넌 다른 사람들에게 어떻게 둘러댈지 생각해 봐. 자, 안방으로 들어가. 거기서 좀 쉬면서 정신을 가다듬어."

희수로서는 드물게 길게 이야기를 했다. 지수는 한참을 머뭇거리다가 고개를 끄덕였다. 그러곤 말없이 안방으로 들어갔다.

배낭을 내려놓은 뒤 이불을 걷어냈다. 부엌칼이 복부에 꽂혀 있었다. 눈은 부릅뜬 채였다. 희수는 그 옆에 쪼그리고 앉아 이제는 고깃덩어리가 되어 버린 과거의 제부에게 한마디를 했다.

"죽어서도 영원히 고통 받았으면 좋겠다."

그 순간 그 인간의 눈알이 뒤룩, 움직였다. 그 인간이 피 묻은 손으로 희수의 팔을 틀어쥐었다.

"살려⋯⋯."

희수는 그 인간의 목을 조르기 시작했다. 망설임 같은 건 없었다. 동생이 다하지 못한 일은 언제나 자신의 몫이었으므로.

그 인간의 목숨은 질기고도 질겼다. 손이 아파오도록 목을 졸랐건만 계속 발버둥 쳤다. 증오와 분노를 담은 눈알은 희수를 계속 노려보고 있었다. 희수는 그 눈을 피하지 않았다. 그런 채로 묵묵히 자신의 할 일을 마쳤다.

다행히 빗방울은 더 굵어지지 않고 부슬비 그대로였다. 아니면 아직 비구름의 본대가 도착하지 않은 건지도 모를 일이었다. 희수는 핸드폰 라이트로 간신히 어둠을 밝히며 걸었다. 지팡이가 없었다면 한 걸음도 떼지 못했을 것이다. 그만큼 왼쪽 발목이 아팠다.

"헉헉."

체력에는 자신이 있다 생각했지만 여러 악재가 겹치면서 희수도 서서히 지쳐갔다. 결국 숨을 몰아쉬었다. 때마침 불길이 치솟은 근처에 다다랐다. 신기하게도 그곳은 마을이었다. 드문드문 집들이 서 있었고 개간을 해놓은 밭도 보였다.

산속 깊은 곳에 이런 작은 마을이 숨어 있으리라곤 생각지도 못했다. 수없이 산을 타온 희수도 처음 보는 광경이었다.

희수는 마을 안으로 들어갔다. 아무래도 불길은 마을의 중앙에서 솟아오르고 있는 것 같았다. 늘어선 집들을 보자 한결 마음이 가벼웠다. 이 정도면 충분히 도움을 받을 수 있을 것이다. 돈을 지불한다면 하룻밤 묵어가는 것도 문제가 안 되지 싶었다. 자신에게 지금 필요한 것은 휴식이었다. 희수도 인정할 수밖에 없었다.

지친 몸과 아픈 다리를 끌고 마을 중앙을 향해 걸었다. 늦은 밤이라고는 하지만 어느 집에서도 인기척이 느껴지지 않는 건 조금 이상한 일이었다. 그 흔한 개 한 마리 없었다. 딱히 가축을

키우는 것 같지도 않았다.

　두터운 적막이 마을을 감싸고 있었다.

　그때였다.

　둥!

　북소리가 들렸다. 불길이 보이는 쪽이었다. 뒤이어 여러 사람들의 목소리가 합쳐진 웅성거림이 들려왔다. 무슨 말인지 알아들을 수는 없었지만 고저가 심하고 일정한 리듬이 있는 걸로 봐서 노래를 부르는 것 같기도 했다.

　둥!

　다시 북소리가 울려 퍼졌다.

　둥!

　또 다시.

　북소리는 먹구름이 잔뜩 낀 어둡고 컴컴한 하늘 위로 치솟았다가 부르르 떨며 산속 곳곳으로 퍼져나갔다. 무언가 의식이 시작되는 걸 알리는 신호 같기도 했다.

　둥!

　북소리와 함께 불길도 더 커졌다. 바람에 휘발유 냄새가 섞여 있었다. 희수는 조심스레 다가가 창고처럼 보이는 건물 뒤편에서 멈춰 섰다. 약간 지대가 높아 마을 중앙이 훤히 내려다보였다.

　온통 검은색 옷을 입은 사람들이 커다란 모닥불 주위에 모여 있었다. 가운데에 북이 놓여 있었고 덩치가 큰 사람이 그 앞에 앉아 채를 휘둘렀다.

둥!

북소리가 울릴 때마다 사람들이 절을 했다. 그러면서 의미를 알 수 없는 노래를 불렀다. 가사를 전혀 알아들을 수 없었다. 얼핏 주문을 외는 것처럼도 들렸다. 그 모습을 보며 희수는 잠시 망설였다. 분명히 중요한 의식을 치르는 것 같은데 어느 타이밍에 나가야 할지 애매했기 때문이다.

둥! 둥! 둥!

희수가 망설이는 사이 북소리의 간격은 줄어들었고 덩달아 사람들의 노래 소리 또한 커졌다. 신기하게도 마치 그 소리들에 응답이라도 하는 것처럼 불길 역시 훨씬 높이 치솟았다. 멀리 떨어져 있는 희수에게까지 열기가 전해질 정도였다.

'더 이상 여기 서 있기만 할 순 없어.'

마음을 굳인 희수가 지팡이를 막 움직이려 할 때였다. 등 뒤에 누군가가 서 있었다. 느껴졌다. 찌를 듯한 시선과 스멀스멀 뻗어 나와 자신의 몸을 더듬는 악의가. 희수는 꼼짝도 하지 않았다. 섣불리 움직였다가는 등 뒤의 존재가 달려들어 목덜미를 물어뜯을 것만 같다는 터무니없는 생각 때문이었다.

희수는 여차하면 휘두를 수 있도록 지팡이를 쥔 손에 힘을 꽉 준 후 천천히, 아주 천천히 고개를 돌렸다.

어둠 속에 둥실 얼굴이 떠올라 있었다. 입술만 새빨갛게 칠한 허연 가면이었다.

"헉!"

숨을 들이쉬며 뒤로 물러났다. 가면이 앞으로 스윽 다가오며 까만색 옷을 입은 몸이 드러났다. 희수는 벽에 한쪽 손을 짚고 지팡이를 앞으로 뻗었다.

"저, 저리 가!"

가면은 아무런 말도 하지 않았다. 대신에 계속해서 희수를 노려볼 뿐이었다. 희수는 가면 아래에서 번득이는 눈동자를 보며 자신이 와선 안 될 곳에 와버렸다는 사실을 깨달았다. 가면의 눈빛은 자신이 그 인간의 목을 조를 때의 눈빛과 같았다. 목을 조르며 문득 고개를 들었을 때 거실 유리창에 비치던 자신의 눈빛과 아주 많이 닮았다.

"조용히 떠날 테니 못 본 걸로 해줘."

그 말에 가면은 고개를 갸우뚱했다. 그것이 긍정의 의미인지 부정의 의미인지 알 수가 없었다.

가면이 갑자기 손을 번쩍 들었다. 희수는 움찔하는 것과 동시에 북소리와 노래가 어느새 멈췄다는 사실을 깨달았다. 재빨리 고개를 돌렸다. 절을 하며 노래를 부르던 사람들이 일제히 이쪽으로 몰려오고 있었다. 이제 보니 다들 흰 가면을 쓰고 있었다.

"아아!"

가면이 이상한 소리를 냈다.

"아아!"

다른 사람들도 똑같은 소리로 응답했다.

희수는 이쪽저쪽으로 고개를 돌리며 빈틈을 찾았다. 발목만 성했다면 앞에 서 있는 가면 한 명쯤은 어떻게든 뚫었겠지만 지금은 아니었다. 희수가 허둥지둥하는 사이 어느새 사람들이 주위를 둘러쌌다. 모두 까만 옷이라 가면만 둥둥 떠 있는 것 같았다.

"왜들 이래? 난 길을 잘못 들었을 뿐이야."

사람들은 대답 없이 서서히 거리를 좁혀 왔다.

"저리 가!"

희수가 지팡이를 휘둘렀다.

"아아!"

처음의 그 가면이 또 괴상한 소리를 냈다.

"아아!"

"아아!"

"아아!"

사람들마다 똑같은 음정으로 그 소리를 따라했다. 소리는 한데 뭉쳐져 밤하늘에 울려 퍼졌다. 그 소리에 담긴 의미가 무엇인지는 몰라도 적의를 띠고 있는 것은 분명했다.

236

희수는 이리저리 상체를 틀며 지팡이를 휘둘렀다. 전혀 위협이 되지 않는다는 것쯤은 희수도 알고 있었다. 하지만 뭐라도 하지 않으면 그대로 당하리라는 것도 알고 있었다.

맨 처음의 그 가면이 성큼 다가왔다.

"아아!"

똑같은 괴성과 함께.

희수는 온힘을 다해 지팡이를 휘둘렀다. 딱딱한 나뭇가지가 그대로 가면을 때렸다. 쩌억, 금이 가며 가면 사이로 맨얼굴이 드러났다. 남자였다. 수염을 잔뜩 길렀다. 게다가 어둠 속에서도 똑똑히 보일 만큼 피부가 이상했다. 여기저기 커다란 종기가 난 것도 모자라 진물이 흘러내리고 있었다. 그 끔찍한 몰골에는 희수도 온몸이 굳을 수밖에 없었다.

"아아아!"

남자가 이번에는 괴성이 아닌 비명을 질렀다. 몸을 잔뜩 웅크린 채 금방이라도 달려들 것처럼 노려보면서. 희수가 그 모습을 보고 흠칫하는 사이 사람들이 떼로 몰려와서는 덮쳤다.

"놔! 놔!"

희수는 금세 제압당했다. 그래도 반항을 멈추지 않았다. 두 팔을 마구 휘젓고 성한 다리를 내질렀다. 몇 사람은 희수의 주먹과 발에 맞기도 했다. 뒤쪽에서 누군가가 희수의 허리를 잡았다. 희수는 망설이지 않고 박치기를 먹였다. 그 순간 사람들이 주춤했다. 희수는 절뚝거리면서도 앞으로 달려 나갔다.

퍽!

딱딱한 무언가가 희수의 뒤통수를 강타했다. 그 공격에는 희수도 당할 재간이 없었다. 비가 내려 질척하게 변한 흙바닥으로 쓰러지며 희수는 또 한 번 정신을 잃었다.

토막을 내기 전에 온몸의 피부터 뺐다. 꽤 오랜 시간이 걸렸지만 그것만으로도 무게가 상당히 줄었다. 희수는 그 인간의 몸에서 빠져나와 화장실 수챗구멍으로 사라져 가는 붉은 피를 보면서 죽이는 것보다 시체를 유기하는 게 훨씬 더 힘들다는 말을 떠올렸다. 희수도 동의하지만 그건 일반인에게나 해당되는 말이었다.

토막을 내는 건 비교적 쉬웠다. 날카로운 톱과 뼈를 부술 수 있는 망치만 있으면 충분했다. 희수가 화장실에서 묵묵히 할 일을 하는 동안 지수는 거실을 서성이며 계속 말을 걸어왔다. 물론 한 번도 화장실 문을 열어보진 않았지만.

"그냥 실종됐다고 신고를 할까? 그러면 경찰들이 관심을 가지겠지? 아니야, 그러면 안 될 것 같아. 아무 일도 없었던 것처럼 가만히 있을까? 어차피 그 인간 찾을 사람도 없을 거 아냐. 좋아. 그게 제일 좋겠어."

최대한 잘게 토막을 낸 뒤 가지고 온 비닐봉투에 나눠 담았다.

"아이스박스 있지?"

희수가 그렇게 물으며 문을 열자 지수는 흠칫 놀랐다.

"어어. 있어. 가지고 올까?"

"얼마나 커?"

"제법 커. 그 인간이 신혼 때 캠핑이다 뭐다 해서 사놓은 게 있거든."

그랬다. 그 인간 역시 취미가 캠핑이라고 했다. 희수를 포함해 셋이서 함께 캠핑을 갔던 적도 있었다. 그때도 이미 지수는 하루가 멀다 하고 그 인간에게 두들겨 맞고 있었다. 유독 커다란 선글라스를 쓰고 온 지수를 보고도 희수는 그 사실을 눈치채지 못했다. 조금만 더 빨리 알았더라면 여기까지 오지 않았을지도 모른다고, 희수는 잠깐 후회했다.

지수가 가지고 온 파란색 아이스박스에 토막 낸 시체를 담았다.

"이, 이걸 어떻게 할 거야?"

멀찌감치 떨어져서 지수가 물었다.

"넌 알 필요 없어. 언니가 알아서 처리할게."

지수는 더 이상 묻지 않았다. 희수는 배낭을 멘 뒤 아이스박스를 들고 지수의 집을 나섰다. 그 전에 당부하는 것을 잊지 않았다.

"거실, 화장실 할 것 없이 락스로 깨끗이 청소해. 혹시라도 핏자국이 남아 있으면 안 돼. 그 정도는 할 수 있지?"

지수는 금방이라도 울 것 같은 표정으로 고개를 끄덕였다. 희수는 그런 동생에게 다가가 다시 한 번 손을 꼭 잡았다.

"넌 잘못한 게 없어. 알고 있지? 그리고 언니만 믿어. 아무 문제도 없을 거야."

마지막은 자신에게도 하는 말이었다.

지수의 전화를 받고 배낭을 꾸릴 때부터 목적지는 이미 정해 두었다. 경기도 외곽에 있는 야음산. 지수의 집에서 그리 멀지도 않고 그리 가깝지도 않은 위치. 하지만 군데군데 산장이 있을 정도로 산세가 험하고 깊은 산. 매해 조난자가 발생할 정도로 높은 산.

희수는 야음산에 딱 한 번 가봤다. 그때는 혼자 캠핑을 했는데 별빛마저 가릴 정도로 울창하던 숲이 인상적이었다. 아름답다기보다는 어딘지 모르게 기괴하고 섬뜩한 느낌을 풍기는 산이었다.

그 산 어딘가에 묻는다면, 등산로를 벗어나 인적이 없는 곳에 깊숙이 묻는다면 발견될 일은 없을 것 같았다.

희수는 차를 몰고 야음산으로 향했다. 아이스박스는 트렁크에 실었다.

산에 도착한 것은 아침 무렵이었다. 희수는 밥을 먹는 대신

240

오는 길에 편의점에서 산 샌드위치 하나로 때웠다. 차는 산 입구에서 멀찍이 떨어진 곳에 세웠다. 다행히 주변에 다른 차는 없었다. 배낭의 물건들을 모두 비운 후 트렁크 쪽으로 가 한때는 그 인간이었던 것들을 차곡차곡 담았다. 배낭은 이내 묵직해졌다. 희수는 물도 뺐다. 그러고는 삽을 챙겨 넣었다. 모든 준비가 끝났을 때, 희수는 배낭을 메고 야음산으로 향했다.

한여름의 평일 오전이라 등산객은 그리 많지 않았다.

산 초입에 늙수그레한 할아버지가 앉아서 부채질을 하고 있었다.

"아이고. 가방이 빵빵하네."

노인은 세상 착해 보이는 얼굴로 허허 웃으며 그렇게 말했다. 야음산 근처 마을 주민인가 보다 생각하며 희수는 꾸벅 고개를 숙여 인사를 했다.

"보아 하니 야영이라도 할 것 같은데 혹시 모르니 이걸 가져가."

노인은 굳이 희수 앞까지 걸어와 종이 한 장을 내밀었다. 희수가 받질 않자 노인이 덧붙였다.

"이 산 안내도야. 야음산 얕보고 왔다가 큰일 치르는 사람이 워낙 많아서 나눠주고 있어. 여기 산장 위치도 다 나와 있으니까 무슨 일 생기면 이거 보고 따라가면 돼."

그런 거라면 거절할 이유가 없었다.

"감사합니다."

희수는 안내도를 받아들고 다시 산을 올랐다. 산장에 갈 일은 없을 것이다. 희수는 그렇게 생각했다. 금세 할 일을 마치고 해가 저물기 전에 산을 내려와 가까운 호텔에 묵을 계획이었다.

그때는 몰랐다. 자신이 야음산을 얼마나 얕보고 있었는지. 그리고 등에 멘 그 인간의 무게가 자신을 얼마나 짓누르게 될는지.

"이봐요. 이봐요."

누군가가 자꾸 부르는 바람에 희수는 정신을 차렸다. 뒤통수가 깨질 듯 아팠다.

"끄응."

신음을 흘리며 뒤통수를 만져보니 상처가 나 있었다. 피는 말라붙은 상태였다. 내내 쓰고 있던 등산모는 어디론가 사라졌다.

"괜찮아요?"

희수를 내려다보며 그렇게 묻는 이는 젊은 남자였다. 자신보다도 어려 보였다. 희수는 억지로 일어나 주위를 둘러봤다.

나무로 된 건물이었고 천장이 높았다. 농기구며 부대자루 같은 것들이 잔뜩 쌓여 있는 걸로 봐서 창고인 듯했다. 어두컴컴했지만 바깥에서 들어오는 불빛 덕분에 사물을 알아볼 정도는 되었다.

'불빛?'

희수는 한쪽 발만 딛고 겨우 일어나 창가로 다가갔다. 창문에는 쇠창살이 가로질러 있었다. 그 사이로 바깥 풍경이 보였다. 마을 중앙에서는 여전히 불길이 활활 타오르고 있었다. 검은 옷을 입고 흰 가면을 쓴 사람은 이제 서로 손을 마주잡고 앉아 있었다. 북소리도 노래 소리도 들리지 않았다. 께름칙한 정적이 맴돌았다.

"그쪽 때문에 의식이 잠시 연기됐지."

목소리가 들려와 희수는 고개를 돌렸다.

그러고 보니 창고에는 자신을 깨운 청년 말고도 세 사람이 더 있었다. 나이가 지긋한 안경 쓴 남자와 연인 사이로 보이는 어린 남녀. 연인 중 여자 쪽은 거의 정신이 나간 듯 멍하니 천장만 올려다보고 있었다. 희수에게 말을 건 이는 안경 쓴 남자였다.

"의식?"

희수가 되물었다.

"저들이 하고 있는 거 말이요. 그슨대 부르기라고 하지."

"그슨대?"

"교수님과 저는 대학에서 민속신앙을 연구해요. 그슨대는 우리나라 전통 요괴인데요, 조선시대 전까지는 신으로 대우 받을 정도로 그 능력이 엄청났는데……."

"잠깐."

희수는 청년의 말을 끊었다. 지금 처한 상황이 아무리 불가해하다 해도 요괴이니 뭐니 하는 황당한 말은 듣고 싶지 않았다. 세상에 요괴 같은 게 있을 리 없다. 괴물은 있을지도 모른다. 그 인간은 괴물이었고 자신 역시 괴물이므로.

"지금 무슨 상황인지 알고 있는 것 같은데 설명 좀 해주지. 간단하게."

희수는 교수라는 남자를 향해 물었다.

"간단하게 말하자면 저들은 우릴 의식의 제물로 바칠 거요."

"으앙!"

교수의 말이 끝나기가 무섭게 어린 여자가 울음을 터트렸다. 이미 이야기를 들어서 대충 상황을 알고 있는 듯했다. 희수는 더 이야기를 하라는 뜻으로 조용히 고개를 끄덕였다.

"우리, 그러니까 철민 군과 나는 이 산골 마을에서 일 년에 한 번 비밀리에 그슨대 부르기 의식이 행해진다는 소문을 듣고 찾아왔소. 그리고 이쪽은……."

교수가 연인 쪽을 바라보자 어린 남자가 흥분한 목소리로 말했다.

"저, 저희는 그냥 여기 산장에서 하룻밤 묵으려고 왔는데……."

"그러니까 내가 안내도 이상하다고 말했잖아!"

여자가 버럭 소리를 질렀다.

"맞아요. 안내도가 이상했어요. 그걸 보고 계속 산을 올랐는데 엉뚱한 길만 나오고 결국 길을 잃어서 헤매다가 여기까지 왔어요."

남자는 고개를 푹 숙였다.

"그 안내도라는 거 혹시 산 입구에서 노인이 나눠준 거 아닌가?"

"맞아요!"

희수의 물음에 남자와 여자가 동시에 대답했다.

"우린 이 마을 사람들이 도와줄 거라 생각했어요. 근데 다짜고짜 낫 같은 걸 들이대면서 여기 가뒀어요."

여자가 울음 섞인 목소리로 말했다.

희수는 생각에 잠겼다. 저 말이 사실이라면 안내도는 애초에 이 마을로 끌어들이기 위한 미끼였다. 자신은, 그리고 저 불쌍한 연인은 멍청하게도 그 미끼를 물어버린 것이다. 하긴 제 발로 찾아온 더 멍청한 사람들도 있지만.

희수는 철민이라는 학생과 교수를 번갈아 바라봤다. 교수는 다치기라도 한 듯 어딘가 불편해 보였다.

"그쪽처럼 나도 머리를 얻어맞았소."

교수가 자신의 뒤통수를 가리키며 말했다.

"저치들은 아예 말이 안 통해요! 대대로 그슨대를 악신으로

모시는 집단이 있고 일 년에 한 번 공양을 해 그슨대를 불러낸
다는 건 알고 있었지만 그게 인신공양일 거라곤 생각을 못 했
거든요. 그런데 막 위협을 해서는 무작정 제물로 바치겠다고 하
니……."

철민은 그렇게 말하며 머리를 감쌌다.

"확실한 거야? 너무 허황된 이야기잖아."

희수는 다시 밖을 살폈다. 자신들만의 의식이 끝난 듯 사람
들은 다시 움직이기 시작했다. 제일 먼저 북채를 든 이가 자리
를 잡았다. 일어선 사람들 역시 발을 질질 끌며 불 주위를 에워
쌌다. 가면만 쓰지 않았다면, 방금 전의 그 위협적인 행동과 공
격만 없었다면 쓸쓸하기 짝이 없는 마을 축제 정도로 봐줄 수
도 있었다. 기껏 준비를 했는데 비가 내려서 망쳐버린 축제.

요괴, 악신, 그슨대, 그리고 인신공양…….

도무지 현실감 없는 단어의 나열 앞에 희수는 처음으로 당혹
감을 느꼈다. 폭력을 견디다 못해 남편을 죽여 버린 여자의 이
야기라면 얼마든지 받아들일 수 있었다. 그 여자를 돕기 위해
시체가 든 배낭을 짊어지고 산속에 들어가 손수 묻은 언니에
대한 이야기 역시 그럴싸했다.

"뭐가 허황되단 말입니까?"

교수가 조용히 물었다.

"요괴 같은 게 있을 리 없잖아."

"그슨대의 존재 여부를 떠나서 중요한 것은 저들이 그슨대를 믿고 있고 그걸 불러내기 위해선 사람을 바쳐야 한다고 생각한 다는 거겠죠. 믿음은 진실보다 강해요. 그것이 그릇된 믿음일수록 더욱 더."

둥!

북소리가 들렸다.

"으아악!"

여자가 자지러질 듯 놀랐다.

"탈출할 방법은?"

희수의 물음에 철민이 고개를 저었다.

"없어요. 잡혀 온 순간 핸드폰이고 뭐고 다 뺏기고 여기 갇혔으니까. 저 문도 절대 안 열려요. 또 지키는 사람이 있고."

희수는 아까 마주쳤던 그 가면을 떠올렸다. 그 자가, 그 썩어 문드러진 피부의 남자가 창고를 지키는 사람이었던 것이다.

둥!

두 번째 북소리 끝에 그 기분 나쁜 합창이 이어졌다.

"예로부터 악귀를 부를 때는 음(音)이 중요했소. 독특한 소리를 모아 특정 파동을 만들어 내는 거지. 그 파동을 '액부름'이라고 하는데 저들이 지금 하고 있는 게 액부름이요."

교수가 천천히 일어나며 말했다.

"저게 끝나면 우리 차렌가?"

희수는 교수에게 물으며 쇠창살을 힘껏 잡아당겼다. 쇠창살은 오랫동안 그 역할을 충실히 해 온 듯 꿈쩍도 하지 않았다.

"그렇소. 액부름이 끝나면 액달램으로 넘어가지. 그때 필요한 것이 바로 살아 있는 동물의 피요. 피의 양은 많으면 많을수록 좋지. 그리고 두 발 달린 짐승보다는 네 발 달린 짐승이 좋고, 네 발 달린 짐승 중에서도 인간의 피를 가장 좋아하지. 악귀란 그런 것이오."

둥!

둥!

둥!

북소리가 잦아졌다. 액부름도 고조되었다. 때마침 빗줄기가 거세졌다. 사람들은 아랑곳하지 않고 똑같은 소리를 내며 계속 절을 했다. 모닥불 너머, 더없이 어두운 숲속을 향해.

"악귀고 요괴고 모르겠고 난 무슨 일이 있어도 여길 나가야겠어."

희수의 말에 여자가 반색을 했다.

"어떻게요? 언니는 무슨 수가 있어요?"

"수가 없다면 만들어야지."

희수는 오른쪽 바짓가랑이를 걷어 올렸다. 발목에 메어 놓은 칼집에 등산용 나이프가 꽂혀 있었다. 사람들이 가져간 것은 배낭과 핸드폰뿐이었다. 주머니도 뒤졌겠지만 발목에 칼을 숨겨

두었으리라곤 생각지 못했을 것이다.

능숙한 솜씨로 나이프를 빼 든 희수를 보며 여자가 입을 떡 벌린 채 물었다.

"언니는 뭐하는 사람이에요?"

그때였다. 모든 소리가 일시에 멈춘다 싶더니 창고 문이 벌컥 열렸다. 모두의 시선이 문 쪽으로 향했다. 희수는 반사적으로 나이프를 등 뒤로 숨겼다.

낫과 칼을 든 가면 몇 명과 함께 산 입구에서 마주쳤던 그 노인이 창고 안으로 들어왔다. 노인은 희수와 나머지 사람들을 둘러본 뒤 흡족한 표정으로 웃었다.

"올해는 수확이 좋군. 그슨대님께서 아주 만족하시겠어. 크크."

"살려주세요! 제발 살려주세요!"

남자가 무릎을 꿇으며 소리쳤다.

"저도 살려주세요!"

질세라 여자도 빌기 시작했다.

노인은 그런 둘을 물끄러미 내려다보다가 툭, 한마디를 던졌다.

"그슨대님은 특히 어린 것들을 좋아하시지."

희수는 자신과 노인 사이의 거리를 쟀다. 성한 오른쪽 다리에 힘을 주고 단번에 달려 나간다면 노인에게 닿을 것 같았다.

"정말로…… 정말로 그슨대가 있는 겁니까?"

교수가 떨리는 목소리로 물었다. 이 남자에게는 목숨보다 당장의 지적 호기심을 채우는 일이 더 중요한 모양이었다. 희수는 교수를 이해할 수 없었다. 이해하기도 싫었다. 무슨 수를 써서라도 살아남는 것만이 희수가 가진 유일한 삶의 자세였다.

"정말로 있냐고? 우리 마을의 온갖 액운을 막아주시는 분이 바로 그슨대님이야. 이런 쪽으로 연구한다고 했지? 복 받은 줄 알아. 그슨대님을 직접 영접하게 될 거니까. 크크."

노인이 어깨를 들썩이며 웃던 바로 그 순간, 희수가 몸을 날렸다.

"어어!"

놀란 노인이 피할 새도 없이 희수는 주름진 목에다가 나이프를 갖다 댔다.

"움직이지 마."

노인이 딱 얼어붙었다. 가면들은 주춤하며 무기를 앞으로 내밀었다.

"비켜! 조금이라도 움직였다간 이 노인네 멱을 딸 거다."

희수는 그렇게 말하며 노인을 밀었다. 노인이 천천히 걷자 가면들이 양옆으로 비켜섰다. 절뚝거리는 희수였지만 나이프를 든 손은 전혀 흔들리지 않았다. 희수가 다른 사람들을 향해 말했다.

"조심해서 따라와."

여자와 남자가 희수의 뒤에 붙었고 철민과 교수도 재빨리 따라오기 시작했다.

"뭐, 뭐하는 거야? 이제 곧 그슨대님이 오실 거라고. 그러면 어차피 다 죽게 돼 있어! 그분을 만족시키지 못하면 우린 다 죽는 거야!"

노인이 고래고래 소리를 질렀다.

"그슨대 같은 건 없어."

희수가 말했다.

"뭐?"

"세상에 그런 건 없다고. 모두 꾸며 낸 이야기일 뿐이야. 외지인들이 들어오는 걸 막기 위해서, 이 마을에서 사람들이 떠나가는 걸 막기 위해서 이야기를 꾸며내다 보니 결국 매년 사람까지 갖다 바쳐야 했겠지."

"크크크. 넌 아무것도 몰라. 아무것도 모른다고!"

희수는 노인을 앞세우고 밖으로 나왔다. 굵게 변한 빗줄기가 온몸을 때려댔다. 어느새 불가에 있던 사람들이 몰려와 진을 치고 있었다.

"아아!"

"아아!"

"아아!"

가면을 쓴 사람들은 희수를 공격했을 때와 똑같이 괴상한 소리를 내지르며 에워쌌다.

"비키라고 해. 그리고 가져간 우리 물건들 다시 가지고 와! 빨리!"

"소용없어. 이젠 늦었어. 이제 마지막 북소리가 울리면……"

두웅!

노인의 말이 떨어지기도 전에 큰 북소리가 밤하늘에 쩌렁쩌렁 울려 퍼졌다. 북소리는 공기를 가르며 숲속 깊숙한 곳까지 퍼져나갔다. 그 울림이 희수에게까지 전해졌다. 그 순간이었다. 숲속에서 새들이 일제히 날아오른 것은.

족히 수백 마리는 될 듯한 새들이 비 오는 밤하늘 위로 날아올라 기분 나쁜 소리로 울어댔다. 그러고는 무언가에 놀라 도망이라도 가는 것처럼 저 멀리 반대편 산자락을 향해 날아갔다. 새들의 날갯짓 소리가 불길하게 들렸다.

"지, 진짜 뭔가 오려나 봐요."

철민이 어둔 하늘을 올려다보며 중얼거렸다. 다른 사람들의 시선도 하늘로 향했다. 앞을 바라보는 사람은 희수가 유일했다. 희수는 흔들리지 않는 눈빛으로 어둠을 노려보며 조금씩 걸어갔다.

"온다! 그슨대님이 온다!"

"시끄러!"

희수는 떠들어대는 노인의 뒷덜미를 꽉 쥐었다. 하지만 노인은 멈추지 않았다.

"빨리, 빨리 제물을…… 안 그러면 그슨대님이 노하실 거야!"

"시끄럽다고!"

참다못한 희수가 노인의 목을 살짝 베려고 했을 때였다. 갑자기 뒤에서 누군가가 덮쳐와 균형을 잃고 쓰러지고 말았다. 희수는 쓰러진 순간 다시 상체를 들며 나이프를 내밀었지만 시커먼 등산화가 희수의 손을 걷어찼다. 나이프는 저 만치 날아가 땅에 떨어졌다.

"뭔 짓이야?"

희수는 자신을 공격한 교수를 향해 소리쳤다.

"미안하지만 나는 그슨대를 직접 봐야겠소."

"미친……."

가면 하나가 희수의 목에 낫을 들이댔다. 다른 가면 둘이 희수를 억지로 일으켜 세웠다. 나머지는 꼭 안은 채 벌벌 떨고 있는 연인과 어찌할 바를 몰라 눈만 휘둥그레 뜨고 있는 철민을 둘러쌌다.

"크크크. 잘했어. 교수 양반."

희수에게서 벗어난 노인이 멍하니 선 교수를 향해 말했다.

"정말로 있는 거요? 그슨대가 정말로 있는 거요?"

빗방울 맺힌 안경알 너머로 교수의 광기 어린 눈동자가 보였다.

"이제 곧 알게 될 거야. 크크크."

노인은 마음껏 웃었다.

다섯 사람은 가면들의 위협을 받으며 숲을 향해 걸었다. 철민이 희수를 부축했다. 희수는 그 순간에도 주위를 살피는 걸 잊지 않았다. 제물이라 말은 했지만 제단 같은 것은 보이지 않았다. 등 뒤로 모닥불이 타오르고 있을 뿐이었다. 사람들은 불이 꺼지지 않게 신경 쓰고 있었다. 불길이 조금이라도 사그라지면 휘발유를 부어 되살려냈다.

다섯 사람 뒤로 모든 가면들이 따라왔다. 제물로 바쳐지는 걸 구경하려는 것 같았다. 희수는 입술을 깨물며 생각했다.

'방법을 찾아야 돼.'

하지만 뾰족한 수가 없었다. 그슨대 따위가 나타날 리는 없지만 광기에 찬 사람들이 눈에 불을 켜고 자신을 지켜보고 있었다. 도망갈 길이 보이지 않았다.

"자, 허튼 짓 하지 말고 저 숲으로 계속 걸어 들어가."

노인은 그렇게 말하며 걸음을 멈췄다. 다른 가면들도 마찬가지였다. 무기를 들고 위협하긴 했지만 더 이상 따라오지는 않았다.

"무슨 수작이야?"

희수가 소리쳤다. 제물로 바친다더니 그냥 놓아주겠다는 말인가?

"가요! 빨리 가요. 제물로 바친다는 건 다 거짓말이었나 봐요!"

여자의 얼굴이 밝아졌다.

"그럴 줄 알았어! 그냥 우리 짐하고 돈을 뺏으려던 거였어! 가자!"

남자 역시 밝은 얼굴로 여자의 손을 잡고 달리기 시작했다. 검은 숲을 향해서.

"잠깐!"

희수가 외쳤지만 소용없었다. 슬금슬금 눈치를 보던 철민도 희수를 버려두고 숲으로 달렸다.

'무슨 꿍꿍이지?'

희수는 뒤를 돌아봤다. 노인이 번들거리는 눈빛으로 숲을, 아니 숲 위로 펼쳐진 어두운 하늘을 올려다보고 있었다. 다른 사람들도 마찬가지였다. 다만 이제는 모두 가면을 벗고 있었다. 모닥불 불빛에 그들의 얼굴이 고스란히 드러났다. 진물이 줄줄 흐르는 채로 이목구비가 뭉개진 끔찍한 얼굴들이.

"아아!"

사람들이 소리를 내질렀다.

희수는 숲을 향해 고개를 돌렸다. 거대한 그림자가 숲 위로 드리웠다. 밤하늘보다도 훨씬 더 어둡고 검은 그림자였다. 그 그림자가 연기가 피어오르듯 스멀스멀 몸피를 불리더니 나무 위로 불쑥 모습을 드러냈다.

"멈춰!"

희수가 소리쳤다. 앞서 달리던 세 명은 앞만 보느라 그림자를 발견하지 못했다.

"오오! 그, 그슨대다!"

교수가 그렇게 외친 순간 그림자의 몸통에서 시커먼 촉수가 튀어나와 맨 앞에서 달리던 철민의 몸을 휘감았다. 희수는 멍하니 그 광경을 지켜봤다. 그것은 터무니없이 컸고 형체가 없었으며 압도적인 공포감을 선사했다. 철민의 몸이 하늘 위로 솟구쳤다.

"으악!"

목이 터져라 내지른 철민의 비명은 오래 가지 못했다. 그림자의 제일 꼭대기 부분이 쩌억 벌어진다 싶더니 철민의 머리 부분을 덥석 삼킨 것이다. 그것은 참으로 기괴하고도 끔찍한 장면이었다. 철민은 머리가 사라진 상태로 발버둥을 치다가 이내 축 늘어졌다. 그 즉시 철민의 몸뚱이가 털썩 소리를 내며 바닥에 떨어졌다. 머리는 깨끗이 사라진 채로.

"꺄아!"

"으아!"

여자와 남자가 동시에 비명을 지르며 뒤돌아 달려왔다. 그림자의 촉수가 둘을 뒤쫓았다.

"빨리 달려!"

희수는 소리를 지르며 주위를 두리번거렸다. 돌멩이가 보였다. 아무런 소용이 없으리라는 걸 알면서도 희수는 반사적으로 돌멩이를 들어 그림자를 향해 힘껏 던졌다.

그림자는 돌멩이를 맞고 의외로 움찔하는 것처럼 보였다. 그러나 다음 순간, 귀청이 터질 듯한 괴성과 함께 그림자가 한층 더 커졌다. 이제는 아예 하늘을 뒤덮을 정도였다.

"맞았어! 민담이 맞았다고. 그슨대는 공격을 받으면 더 커진다고 했어!"

교수는 이미 정신이 나간 것 같았다. 뭐가 그렇게 좋은지 말이 끝나자마자 허리를 뒤로 젖히며 마구 웃었다.

"살려줘!"

여자가 촉수에 붙잡혔다. 남자는 잠시 망설이다가 냅다 도망치기 시작했다. 여자는 아예 통째로 그림자 속으로 끌려들어갔다.

"약점이 뭐야? 저거 약점이 뭐냐고?"

희수는 교수의 멱살을 잡고 외쳤다.

"약점? 굳이 찾으라면 불빛이라고 할까? 하하하."

'불빛? 그랬구나. 그래서 저 인간들이······.'

사람들은 어느새 모닥불 뒤로 물러 서 있었다. 모닥불을 피운 건 의식의 일부분이 아니었다. 모닥불은 그슨대가 마을까지는 들어오지 못하게 막는 방어책이었다. 그래서 필사적으로 불길을 살리려 했던 것이다.

"아!"

달려오던 남자가 넘어지고 말았다. 거대한 촉수가 남자를 그야말로 주워 올렸다. 인간이 바닥을 기는 개미 한 마리를 주워 올리듯 그렇게. 그슨대는 어둠 그 자체였다. 어둠의 크기에 한계가 없듯 그슨대도 끝없이 커졌다. 밤의 어둠을 몽땅 빨아들이는 것 같았다. 숲을 넘어 하늘까지 닿아 지상을 내려다보던 그슨대는 남자를 한 입에 꿀꺽 삼켰다.

'저 따위 요상한 존재한테 죽을 순 없어!'

희수는 절뚝거리며 도망쳤다. 교수는 경탄어린 눈빛으로 그슨대를 바라보며 그 자리에 못 박혀 있었다. 희수가 마지막으로 뒤를 돌아보았을 때 교수는 거대한 촉수에 눌려 흔적도 없이 사라졌다.

희수는 모닥불을 향해 달렸다. 그걸 발견한 노인이 외쳤다.

"돌아가! 어서!"

사람들이 무기를 들고 희수를 위협했다. 희수는 방향을 틀어 창고 쪽으로 향했다. 몇 사람이 따라왔다. 그걸 노리고 있던 희수는 갑자기 멈춰 서며 제일 앞서 달려오던 사람을 덮쳤다. 불시의 공격에 놀란 그 사람의 짓무른 얼굴을 향해 희수가 주먹을 날렸다.

"크아!"

그 사람은 고통에 찬 비명을 지르며 쓰러졌다. 희수는 그 사람이 들고 있던 낫을 재빨리 빼앗았다. 그러고는 뒤따라오던 나머지 둘에게 겨누었다. 한동안 대치가 계속됐다. 그 사이에도 그슨대는 몸집을 불리며 점점 다가오고 있었다. 다른 사람들이 술렁이기 시작했다. 노인의 다급한 목소리가 들렸다.

"그슨대님이 노하셨다! 불을, 불을 더 밝혀라!"

그때였다. 묵직한 바람이 분다 싶더니 갑자기 폭우가 쏟아졌다. 그야말로 양동이로 물을 들이붓는 것 같은 비였다.

두두두!

장대비가 땅을 두드렸다. 희수는 모닥불을 바라봤다. 물 폭탄을 맞은 모닥불은 꺼지기 일보직전이었다.

"안 돼!"

노인이 모닥불을 향해 달려가고, 사람들이 도망치기 시작하고, 그슨대가 모닥불의 경계 안으로 소리 없이 들어오는 모든 일들이 단 몇 초 만에 펼쳐졌다. 희수를 향해 무기를 겨누고 있던 사람들도 정신없이 도망쳤다. 하지만 그슨대의 손아귀를 벗어나지는 못했다. 사람들이 차례차례 어둠에 잡아먹혔다.

희수는 미칠 듯한 통증을 씹어 삼키며 달리고 또 달렸다. 창고는 너무 멀었다. 제일 가까이 있는 집 안으로 무작정 뛰어들었다. 사람들이 내지르는 비명이 마을 전체에 울려 퍼졌다.

'불을 찾아야 해!'

마당을 가로지른 희수는 방으로 들어갔다. 그러면서 벽에 붙어 있는 스위치를 켰다. 어찌된 영문인지 불이 들어오지 않았다. 희수는 필사적으로 방 안을 뒤졌다.

우오오오!

거대하고 우렁찬 울음소리가 천둥이 치듯 하늘을 훑고 지나갔다. 그슨대가 포효하고 있었다.

'빨리! 빨리!'

희수는 서랍에서 성냥갑을 찾아냈다. 재빨리 열었다. 성냥은 달랑 다섯 개비밖에 없었다. 시커먼 그림자가 방문을 넘어 기어들어왔다. 희수는 성냥을 그었다. 치익, 하는 소리와 함께 불꽃이 일었다.

"이야아!"

희수는 재빨리 몸을 돌려 그림자를 향해, 그슨대를 향해 불을 내밀었다. 그슨대의 촉수가 움찔했다. 확실히 효과가 있었다. 문제는 성냥의 생명력이었다. 마치 모든 것을 알고 있다는 듯 그슨대는 불빛이 닿는 언저리에서 호시탐탐 기회를 노리며 희수를 노려보고 있었다.

노려본다.

눈알은 없었지만 희수는 분명 그렇게 느꼈다. 이 악귀가 자신을 노려보고 있음을.

성냥은 금방 타들어갔다. 불이 꺼진 찰나의 순간, 그슨대가 또 다시 촉수를 뻗어왔다.

치익!

희수는 두 번째 성냥에 불을 붙였다. 이제 성냥은 세 개비밖에 남지 않았다. 나머지 세 개를 다 쓴다고 해도 기껏 몇 분 정도 목숨이 늘어날 뿐이었다. 희수는 성냥을 들고 일어나 옷걸이에 걸린 옷을 모조리 걷어왔다. 그러고는 거기에 불을 붙였다.

옷은 쉽게 타지 않았다.

그슨대가 서서히 다가왔다.

"빨리!"

옷에 작은 불구멍이 생긴다 싶더니 불씨가 일었다. 그야말로 어린애 주먹보다 작은 불이었다. 딱 그만큼의 바깥에서 그슨대가 기회를 노리고 있었다.

우오오오!

위협적인 소리가 집을 흔들었다. 옷은 이제 활활 타기 시작했다. 희수는 옷을 더 집어넣어 불쏘시개로 만들었다. 불길이 제법 크게 일었다.

"난 너 같은 놈에겐 절대로 죽을 수 없어."

희수는 불길 너머에서 그슨대를 똑바로 쳐다봤다. 그 크고 검은 존재를 노려봤다. 그슨대는 도사리고 있었다. 최후의 먹잇 감이 지쳐 쓰러지길 기다리며. 자신을 막고 있는 불길이 사그라 지길 기다리며.

옷가지는 금세 불나올랐다. 이제는 불쏘시개로 쓸 게 보이지 않았다. 장판은 타들어가기만 할뿐 불길이 일진 않았다. 희수는 자기도 모르게 주먹을 꽉 쥐었다.

'여기서 끝인가? 이대로 끝나는 건가?'

불길은 점차 줄어들었지만 그슨대는 더 이상 기다려주지 않 았다. 하늘을 쩌렁쩌렁 울리는 포효와 함께 단번에 몸집을 불렸 다. 그러자 대지가 흔들릴 정도의 광풍이 불었다. 집이 흔들린 다 싶더니 지붕이 통째로 날아가 버렸다.

"아!"

희수는 처음으로 단발마의 비명을 질렀다. 뻥 뚫린 밤하늘을 뒤덮으며 그슨대가 자신을 물끄러미 내려다보고 있었다. 불길 은 내리는 비에 이미 다 꺼져 버렸다.

컸다.

거대했다.

너무나도 크고 거대했으며 한없이 검고 어두웠다.

희수는 그슨대를 올려다보며 최후를 직감했다.

그때였다.

어둠이 일렁거렸다. 마치 비틀거리는 것 같았다. 그슨대가 그 거대한 몸을 꿈틀댔다. 그러면서 울부짖었다.

우오오오!

희수는 고개를 돌렸다. 동이 터오고 있었다. 한 줄기 동살이 어둠을 밀어내며 희수의 머리 위로 드리웠다.

우오오오!

그슨대는 괴로운 듯 울부짖다가 조금씩 작아졌다. 희수 바로 앞까지 다가왔던 촉수도 점차 줄어들었다.

"이야아!"

희수는 고개를 들고 동이 터오는 하늘을 향해 소리를 질렀다. 그것은 승리의 포효였다. 검었던 하늘이 희뿌옇게 변했다. 비도 잦아들었다. 그슨대가 재빨리 물러났다. 하늘 위로 드리웠던 어두운 그림자가 단번에 걷혔다.

희수는 그 자리에 털썩 주저앉았다. 그런 뒤 웃음을 터트렸다.

"하하."

그런 희수의 얼굴 위로 햇빛이 드리웠다.

"하하."

희수는 웃는 것을 멈추지 않았다. 희수는 아주 오랫동안 웃으며 살아 있음을 만끽했다. 드디어 밤이 지나갔다.

작가의 말

　한국 장르소설 시장에서 단편소설을 쓴다는 것은 무모한 모험에 가깝다. 도무지 발표할 공간이 없기 때문이다. 장르소설을 다루는 문예지가 있는 것도 아니고, 그렇다고 무작정 인터넷에 공개할 수도 없는 노릇이니 단편소설은 극히 드문 경우가 아니면 항상 뒤로 밀리게 된다. 그 극히 드문 경우가 출판사에서 기획하는 단편집, 그러니까 '앤솔로지'에 작품을 싣는 건데 이것만 해도 작가에게는 크나큰 기회다. 나 역시 앤솔로지에 단편소설을 꽤 실었고 충분히 즐거운 작업을 했다.

　그럼에도 여전히 단편소설에 대한 갈증을 풀 수 없었던 건 내가 기획하고, 다른 작가들의 눈치를 안 보고, 그야말로 내 마음대로 쓴 작품을 공개할 수 있었으면 하는 바람 때문이었다. 물론 몇 번의 시도가 있었고 성사 직전까지 간 적도 있었지만 번번이 프로젝트는 엎어졌다. 국내 작가의, 그것도 장르소설가의, 그것도 호러소설 단편집을 선뜻 출간하려는 곳은 그리 많지 않았다.

그러던 참에 '북오션'이라는 좋은 출판사를 만나게 되었다. 인연이 되려고 그랬는지 일사천리로 작업은 진행되었고, 이렇듯 내 이름을 건 '호러 단편집'이 세상에 나오게 되었다.

단편소설은 뭐라고 할까, 내게는 첫사랑과 같다. 대부분의 작가가 그렇겠지만 나 역시 단편소설을 쓰면서 소설을 배웠고 무수히 많은 단편소설을 읽으며 영감을 얻었다. 습작 형태로 쓴 단편소설을 전부 출력해 쌓는다면 거짓말 조금 보태서 우리 집 천장까지 닿으리라.

내가 아직 작가 지망생이던 시절(지금이나 그때나 나는 별로 달라진 게 없지만), 나는 단편소설을 완성하면 당시 인기 있었던 네이버 카페에 올려 독자들의 반응을 보곤 했다. 물론 그때도 여전히 호러 소설이었다.

댓글 하나에 일희일비하고 추천수에 집착하던 아주 순수했던 시절이었다. 따지고 보면 쓰는 것의 기쁨을 가장 많이 느꼈던 때도 바로 그 시절이 아닌가 싶다. 단편이라는, 비교적 짧은 분량 안에 빼곡하게 이야기를 집어넣고 그 속에서 어떤 것을 더하고 어떤 것을 뺄지 고민하던 시절을 겪으며 나는 차츰 진짜 작가에 근접한 인간이 되어 갔다.

　내가 생각하기에 단편은 빼기의 미학이다. 서로 연결된 수없이 많은 이야기 중에서 가장 쓸데없어 보이는 것, 그러니까 호러소설을 예로 들자면 독자들에게 무서움을 주기에 별로 도움이 안 되는 것들을 빼 나가면서 비로소 한 편의 소설을 완성해 나간다. 모두가 그렇듯 더하기보다 빼기가 어렵다. 그래서 단편소설 쓰기 역시 장편소설을 쓰는 것만큼 어렵다. 그런 어려움을 감당하고 한 편의 짧은 소설을 완성했을 때 얻는 기쁨은 말로는 설명이 불가능하다.

　이 단편집에 실은 작품 중 세 편은 예전에 써둔 것인데 그 중 두 편은 작가라는 호칭에 점차 익숙해지던 시절에 쓴, 날 것 그대로의 작품이다. 나머지 네 편은 이번 단편집을 위해 새로 썼다. 작품을 읽다 보면 세월의 흐름, 혹은 작가의 나이 먹음에 따라 작품이 어떤 식으로 변하는지를 느낄 수 있을 것이다.

　옛 소설을 다듬을 때도, 그리고 새 소설을 쓸 때도 무척 즐거웠다. 마감에 쫓겨 힘들게 쓰긴 했으나 그 작업이 즐거웠다는 데는 의심의 여지가 없다. 즐거웠던 가장 큰 이유는 내 마음대로 쓸 수 있었기 때문이다. 여기 실은 소설들은 독자들에게 재미를 안겨주겠다는 목표 하나로 만들어진 결과물이다. 거창한 주제 의식(물론 없지는 않지만), 현란한 문장, 크나큰 교훈 같은 것들은 거의 뺐다. 대신에 한밤중에, 혹은 어둠 속에 홀로 남겨진 누군가가 겪게 되는 무시무시한 일을 묘사하는 데 집중했다.

나는 장르소설에 대한 거창한 철학 같은 건 가지고 있지 않다. 호러소설에 대해서도 마찬가지다. 내가 가진 철학이라면 그것이 재미있어야 한다는 것이다. 그것만이 내 소설의 유일한 지향점이다. 특히 짧은 분량의 단편소설이라면 그 재미가 극대화되어야 한다고 나는 믿는다.

감사할 사람이 많다. 늘 함께 격려하며 척박한 장르소설 시장에서 열심히 글을 쓰고 있는 선후배 작가들, 스티븐 킹의 말을 빌리자면 신의 영역이나 다름없는 편집의 일을 멋지게 해준 북오션의 편집자들, 그리고 나에게 늘 긍정적인 영감을 주는 가족들에게 감사를 전한다.

하지만 무엇보다 이 글을 읽어 준 당신, 책의 첫 장부터 펼쳐서 바로 지금 이 시시껄렁한 작가의 말까지 읽어주고 있는 당신에게 감사의 말을 전한다.

감사하다. 진심으로.

작가는 독자가 만든다. 작품을 읽어주는 독자가 있기에 작가가 존재할 수 있다. 그런 독자들을 위해 나는 최선을 다했고 또 앞으로도 최선을 다할 것이다. 재미없는 작가의 말은 이쯤에서 줄인다.

여기 실은 일곱 편의 단편소설을 읽는 동안 부디 무시무시한 시간이 되었길 바란다.